魔桶

魔 桶
The Magic Barrel

伯納德・馬拉末（Bernard Malamud）著

劉紹銘 譯

香港中文大學出版社

《魔桶》

伯納德・馬拉末 著
劉紹銘 譯

本中譯版:〈第一個七年〉、〈哭喪的人〉、〈夢中情人〉、〈雷雲天使〉、〈大發慈悲〉、
〈湖濱女郎〉、〈暑期進修計劃〉、〈賬單〉、〈借錢〉、〈魔桶〉© 香港中文大學 2023

國際統一書號 (ISBN):978-988-237-308-2

出版:香港中文大學出版社
　　　香港　新界　沙田・香港中文大學
　　　傳真:+852 2603 7355
　　　電郵:cup@cuhk.edu.hk
　　　網址:cup.cuhk.edu.hk

The Magic Barrel (in Chinese)
By Bernard Malamud
Translated by Joseph S. M. Lau

ISBN: 978-988-237-308-2

The Magic Barrel, comprising the following stories: "The First Seven Years,"
"The Mourners," "The Girl of My Dreams," "Angel Levine," "Take Pity,"
"The Lady of the Lake," "A Summer's Reading," "The Bill," "The Loan," "Magic Barrel"

Copyright © 1958 by Bernard Malamud

Published by arrangement with Russell & Volkening c/o Massie & McQuilkin,
through The Grayhawk Agency Ltd.

Published by The Chinese University of Hong Kong Press
　　　The Chinese University of Hong Kong
　　　Sha Tin, N.T., Hong Kong
　　　Fax: +852 2603 7355
　　　Email: cup@cuhk.edu.hk
　　　Website: cup.cuhk.edu.hk

Printed in Hong Kong

For

Sau Ieng

Gratefully,

目　錄

出版說明

　　劉紹銘教授翻譯的《一九八四》，於二〇一九年再版，重校舊譯時，他燃起了要接着翻譯歐威爾另一部小說《動物農莊》的念頭，譯本翌年出版，教授說那是自己的「收山」之作。然而教授一生勤奮，根本閒不下來，我們乃常在旁勸他寫東西編東西，不過，他念念不忘的，始終是他自己上世紀七十年代的舊譯。幾位美國猶太作家的作品：《夥計》、《傻子金寶》和《魔桶》，他跟我們叨念過多次，說若能再版，即心事了卻。他曾明言以翻譯來言志，這幾本小說令他心繫大半生，其原因讀者當可在幾本書的譯者序中找到答案，在此不贅。

　　對比版本時，我們發現劉教授每次再版都會修訂文字，這次當然也不例外，三本書他都逐字重校一遍了。要說明的是，《傻子金寶》以往有收瑪拉末的〈湖濱女郎〉，現在這篇挪到了《魔桶》中；亦曾有版本因增收以撒‧辛格三篇而刪去菲臘‧羅夫的〈艾普斯坦〉，現版本把所有文章都一併收進來。

　　多年來，劉教授習慣以傳真跟我們通訊，或精警的幾句，或幾頁的文稿，現在都已成絕響。我們謹以出版此三部他念茲在

茲的著作，去紀念他、懷念他，並且謝謝他多年來為我們譯介這些與他「志氣相投」的作品。

香港中文大學出版社編輯部

二〇二三年六月六日

譯者序

「我一直沒有忘記猶太人遭受過的苦難。六百萬猶太人被殺了，這悲劇，我們沒有好好的交代過。但我並不單指猶太人而言。中國在一九三六年時，黃河水患，有六百萬至一千萬以上的中國人淹死，其時我的感受，也是如此。我們沒有好好的寫過這些悲劇。而今雖事隔二十年，但總歸得有一個人，即便是個作家也好，為這些悲劇大聲疾呼一番。」

以上是伯納德‧瑪拉末 (Bernard Malamud) 對紐約《郵報雜誌》(*Post Magazine*) 訪問記者約瑟‧華斯巴 (Joseph Wershba) 所說的話 (一九五八年九月號)。

瑪拉末是猶太人，一九一四年生於紐約市布魯克林區——一個猶太人麇集的地方——並在那兒長大，因此他寫得最好的作品如《夥計》(*The Assistant*) 和短篇小說集《白痴先來》(*Idiot First*) 都感染了這區域的濃厚地方色彩。他有兩個學位：紐約市立大學 (City College of New York) 的學士和哥倫比亞大學英語系的碩士。

二次大戰後，猶太人崛起美國文壇的，真的是不勝枚舉。小說家中除瑪拉末外，我們馬上就可以想到《屍橫遍野》(*The Naked and the Dead*) 的多產作家諾曼‧米勒 (Norman Mailer)，浮光一掠

的青年偶像薩凌爵 (J. D. Salinger) 和因《何索》(*Herzog*) 一書而被目為美國智力派小說家代表的掃羅‧貝婁 (Saul Bellow) 等。但瑪拉末與上述諸猶太人小說家有其他別具一格的地方。最顯著的是他的「猶太味」，他的猶太心靈。（上述的幾位作家中，除貝魯外，雖為猶太人，但寫出來的小說，猶太人獨特的性格，並不顯著。）這種「猶太味」，在其小說的對白中，亦可一覽無遺。

我們且用本書的標題小說〈魔桶〉中沙士曼所講的三句話做例子。沙士曼是瑪拉末世界中一個典型的猶太人，說話很有猶太味：

（一）A widow don't mean spoiled, rabbi. She lived with the husband maybe four months. He was a sick boy she made a mistake to marry him.

（二）A sliced tomato you have maybe?

（三）Excuse me. Was an accident this picture. She isn't for you.

瑪拉末的特長，當然不僅表現在猶太民族的語言特色上。他最為讀者和批評家推許的地方，乃是他傳達「猶太心靈」的能力，那就是說，他往往能通過他人物所受的苦難，重證同情、堅忍、良心、慈悲心和道德的價值。對一個受盡「迫害」的猶太人——最少在意識上如此——說來，這需很大的勇氣。黑人在美國受迫害，能有勇氣說出以德報怨的話的人，只有前年被謀殺的金格博士和其少數的隨從者。名作家如勞爾夫‧艾理遜 (Ralph

Ellison)或詹姆斯・保爾溫(James Baldwin)雖未如其他成就較低的黑人作家如雷萊亞・瓊斯(LeRoi Jones)那麼極端,主張以暴易暴,但尚未有勇氣創造出一個與莫理斯・鮑伯(Morris Bober,為《夥計》一書中的雜貨店老闆)等量齊觀的典型黑人人物來。當然,美國黑人所受的迫害,比美國猶太人嚴重得多。其實,就美國的猶太人來說,迫害兩字,實談不上。因為他們在美國,除了在政治上稍為吃虧些外,其他行業,如金融界、商界、娛樂界和文化界等,都執了「牛耳」,與他們在德國和東歐的同胞相比,實在不可同日而語。

瑪拉末的道德同情心,當然並不局限猶太人。這點我們可從他對《郵報》記者那段談話看出來。他所關心的,是整個人類的苦難,而非猶太民族的苦難。他小說之所以多用猶太人做主角,無非是他身為猶太人,對猶太人的性格和生活了解得最為透徹而已。這一點,相信稍有寫作經驗的人都會明白。由此看來,瑪拉末小說中的典型人物,在種族、宗教和文化上雖為猶太人,但其經驗,尤其是受苦受難的經驗,卻是廿世紀現代人的共同經驗。譬如說我們中國人,雖沒有如猶太人在歐洲受迫害的經驗,但卡夫卡的名著《審判》中所描寫的惡夢,我們一樣能設身體驗到。

瑪拉末小說人物的一大特色就是對「自我救贖」的追求,以中國人的立場講,自我救贖就是安心立命的追求。在〈魔桶〉中,李奧因找老婆而忽然驚覺到自己生命是一片空白。他從未

愛過人，所以也沒被人愛過。這一種深夜夢迴的自覺，比找不到老婆還要難受。從故事的結構看，這一刻鐘的反省和檢討，是李奧生命的轉捩點，是他再生的開始。由是觀之，他後來之決定要去愛上邪氣滿身的史提拉，出發點完全是為了要做補贖。換句話說，就是因為史提拉邪氣滿身，罪孽深重，李奧才會「愛」上她。以他當時的心境說，史提拉若能因他對她的愛心──不是愛情──而感動得幡然改過，那麼，他的生命從此也不會空白。

　　從這個角度看來，〈魔桶〉是一篇寓言性小說。李奧決定要將自己奉獻的，不是史提拉這個風塵女子，而是生命的本身。

　　瑪拉末人物的另一特色是性格的生動性。我們試用〈哭喪的人〉來做例子。老頭子凱斯勒與公寓管理人逸理斯玩紙牌，常常贏他。逸理斯懷恨在心，以凱斯勒毀壞公物和骯髒為藉口，向房東挑撥。房東便着令要他搬走，他死賴着不走時便請了警察局的人來迫遷，連人帶物的把凱斯勒扛到街上去。受了這個突如其來的打擊，他便「思潮起伏，不但想到自己坎坷的境遇，而且更想到他年輕時做出來的缺德事：棄妻別子，以後一直一個銅板也沒有給他們母子四人作生活費。這還不算，就從他離家那天開始，到現在為止──願上帝饒恕他──他對他們的死活，連一次也沒關心過。一個人在此短短的一生中怎會做出如此傷天害理的事？這個問題一直折磨他，痛徹心肺。他一面想，一面就嚎啕大哭，以指甲抓皮肉。」

　　這種刺激，可稱為「認知打擊」(shock of recognition)。凱斯勒給房東迫遷，連人帶物的轟出行人道上，於是，在冰天雪地中，他大概生平第一次體驗到飢寒交迫和無家可歸的悲哀。推己及人，便想到年輕時所幹的虧心事。這種「認知」的功夫，往往就是小說主角人物再生的開始。這裏所指的「再生」，並不一定是積極性的。「再生」的人，在我國小說的傳統中，採消極態度的，大不乏人。舉舉大者，當推賈寶玉。E. M. 福士特 (E. M. Forster) 在他的《小說面面觀》(Aspects of the Novel) 中論到「生動的人物」(round character) 時，認為人物之所以生動，在性格上必有其無可測度的地方。所謂無可測度，大概是指小說人物的「認知」、「謀變」和「成熟」過程。大多數「生動」的小說人物都得經過這種成長的過程，否則不論年紀多大，也一樣是沒有長大的人物。《頑童流浪記》(Adventures of Huckleberry Finn) 中「頑童」的老頭子，是很好的一個沒有長大的例子。沒有長大的人，通常都是服從「絕對」(absolutes)，並無反省習慣的人。因無反省習慣，他們對任何新經驗，要不是完全抗拒，就是因利乘便的採取傳統的道德標準來做自己處世立身的標準。《金瓶梅》的武松，遇到嫂嫂的色誘，不但是一種新經驗，而且是一種不折不扣的「認知打擊」。如果武松是個有反省習慣的人，他會因這種打擊，推想到許多許多「可怕」的問題去，如封建制度下的人權問題，如「畸人豔婦」式婚姻的悲哀。如果武松有這種「認知」能力，他和潘金蓮間的關係，必會改觀，而《金瓶梅》亦會改觀，說不定會成為一部大悲劇。

　　但武松在人情小説中雖不是一生動人物，在「俠義小説」的世界裏，他卻是一條好漢，一個頂天立地的好男兒，因為他在醇酒婦人引誘下，毫不動容。他是個服從「絕對」（「嫂溺援之以手」）和無反省習慣的人。正因此，武松也是個沒有長大的人：我們第一次看到武松時，他是條~~轟轟~~烈烈的漢子，到他為兄復仇時，也是這麼一條「轟轟烈烈」的漢子。反觀寶玉：初試雲雨的寶玉和七十七回偷會晴雯時的寶玉，「長大」了多少？

　　瑪拉末作品的人物，不論是長篇也好，短篇也好，差不多都有「吾日三省吾身」的習慣，這是他個人特色，而且，廣泛些説，也是西方性情文學的特色。反省習慣，就是捫心自問的習慣，有捫心自問習慣的人，雖不見得盡有良心，但卻一定是個受良心干擾的人。〈暑期進修計劃〉中那位問題少年喬治，與街坊鄰里閒聊，無心吹了一次牛，説這個暑假預備自修，要看一百本書，但半個暑假下來，一本都沒有看，結果為人看穿（但卻沒有拆穿），心中一直忐忑不安，覺得「對不起」人家，便決定從此勤奮向學，淬發自勵，以求心之所安。本來，讀不讀書是他個人的事，連父母都管不了，何況街坊鄰里？但喬治雖然平日疏懶，卻有反省習慣，而好反省的人，絕不會永不長大。

　　〈夢中情人〉的麥加，雖然帶喜劇意味，但一樣不失其反省習慣。他初會筆友奧爾嘉時，看到她既老且醜，氣得要炸，後來聽她説了一番身世，看到她的背影，驟覺得她身世可憐；她死去的女兒可憐；最後又想到常常照顧他的房東太太（給他罵過「瘋

婆子」的房東太太），覺得她也一樣可憐。「立地成佛」，瑪拉末世界中人物性情之成長，常在這轉念之間。

　　就故事看，像〈夢中情人〉這一類故事情節並無新穎之處。十多年前香港報章的副刊，時有登載。記憶所及，香港《星島晚報》曾載一題名〈紅花約〉短篇者，故事與〈夢中情人〉差不多，也是講一對通訊多時的筆友，決定在某一餐館見面。女的說好在襟前繫一紅花，男的則把當天一份《星島晚報》，疊好放在檯角上。屆時，「紅花女」果出現，只是相貌年齡，與李奧遇到的奧爾嘉差不多。男的看了，本想拔足飛奔，但又感良心不安，只得無可奈何的坐了下來。與女的傾談之下，才發覺這位福氣的太太，原是情人的媽媽，是來幫女兒考驗一下對方，看他是否僅是一個只識「外在美」，不識「內在美」的輕薄男子。現在既然通過了這一考驗，做媽媽的於是伸手向餐室的另一角一指——

　　只見他的「夢中情人」，長得如花似玉，果然是善有善報。

　　瑪拉末的〈夢中情人〉，其實可以安排一個如此巧妙的結局，以增娛樂性。但他並沒有這樣做，因為他把作家的責任，看得很重。

　　他說：「作家的本分在保存文明，防止其走上自我毀滅之道。」

　　而文學與白日夢的分野，也可在〈夢中情人〉與〈紅花約〉這故事的處理手法中，看出些端倪來。

劉紹銘

（一九七〇年版序）

魔桶

第一個七年

　　鞋匠費德正因他的助手梭保對他心事一無所覺而感到老不高興。他瞪了梭保一眼，但這個助手仍低着他的禿頭，對着鞋型一分一秒也不放過的在他的板凳上砰砰硼硼的敲打着。費德無可奈何，聳聳肩，繼續朝那扇冷霜半結的窗戶望出去，窗外正下着朦朦朧朧的二月雪。但現在在窗外飄飄而下的白雪和深埋在他記憶中的一個波蘭鄉村——他的少年時代就在那兒虛度了——的雪景，卻無法打斷他對一個名叫馬思的大學生的思念。（費德自那天早上看到他跟蹌地踏着雪堆上學後心中一直惦念着他）他對馬思那種風雨不改、寒暑不易其志的求學精神，心中實在敬重得很。他的一個老願望又在折磨他了：他多希望自己所生的不是一個女兒而是一個兒子！然而這痴念一下子就隨雪而化了。費德畢竟是個重實際的人。但儘管如此，他總難免把這青年的勤奮與他女兒對讀書的冷淡私底下比較一番。而這青年不過是一個小販的孩子。當然，他女兒也可以說得上是手不釋卷，但當一到有機會升大學時，她卻說寧可找工作去而不願意上學。他實實在在的勸說了她一番，並且舉出了多少青年想上大學而其父母供不起的事實。但她仍不改初衷，說是要自食其力。說到

教育，她認為不過是看書而已。梭保既是一個飽讀詩書的人，
在這方面又肯常常指導她，那還差什麼？這種答話自使做父親的
難過不已。

　　一個人影突從雪中出現。門隨着開了。在櫃臺旁邊，進來
的人從一個濕紙袋裏掏出了一雙破鞋請求修理。費德最初還不
知道他是誰，但不久，連這客人的臉也未暇完全看清，他的心砰
然一跳。站在那兒的不是別人，正是馬思，正靦覥地向他解說
他這雙破鞋要修理的地方，這些話，儘管費德會神聽着，但實在
一句話也沒聽進去。千載難逢的好機會呵！

　　他已記不清楚他現在心頭的主意是哪一天最先泛起的，他只
知道他曾不只一次地想到向馬思提議，要他與其女兒米麗琳約會
玩玩。但他始終不敢開口。碰了釘子怎辦？以後還好意思再見他
麼？再其次，自己這個整天開口閉口談自立的女兒也不好惹，萬
一她生起氣來罵自己愛管閒事，那怎辦？不過這實是個好機會，
不能眼巴巴的讓他溜走。反正他該做的，不外是略一介紹而已。
再説，如果他們在別的地方——如在地下火車上——邂逅到，或
在街上遇到相熟的朋友的介紹，他們可能老早就成為朋友了。既
然這樣，他為什麼不效這舉手之勞呢？這是做父親的責任和義
務。他深信如果馬思有機會和她碰一次頭，談談話，馬思必會動
心的。在他女兒方面來説（她每天去辦公室所碰到的不外是一些
七嘴八舌的經紀和目不識丁的航運職員）能夠有機會交上如此一
表人才的大學生，於她何損？説不定她會激發起上學的興趣。如

果不得已而求其次的話——這修鞋匠最後畢竟回到現實來了——她最少可以嫁給一個受過教育的人和過較合理的生活。

　　馬思把鞋子要修理的地方向鞋匠説完了。這雙鞋實在破得可以：鞋底露出了一個大洞，膠鞋跟亦磨平到釘子的末端。為了不讓他難為情，費德裝出若無其事的樣子，在鞋底上用白粉筆劃了一交叉，鞋跟上則劃了一個零字。他所擔心的倒是恐怕把這個字母混亂了。當馬思問價錢多少時，鞋匠乃乾咳了一聲，在梭保鐵槌玎璫聲中，請他打側門走進內堂來。馬思起先覺得有點詫異，但終遵囑走進去。梭保的鐵槌聲停了下來，而他們二人亦好像早有默契似的，要等到槌聲復響後才開口説話。不久槌聲大作，鞋匠乃機不可失的馬上把為什麼把他拉進來説話的根由告訴了大學生。

　　「自你唸中學以來，」他在那半昏黯的迴廊上對馬思説：「我每天早上都看着你趁地下火車上學去。我常心裏説，這真是個好學不倦的孩子。」

　　「謝謝你。」馬思説，有些兒緊張，警覺也提高了。他個子高，瘦長得近乎滑稽，面部輪廓突出，尤其顯而易見的是他的鈎鼻子。他沾滿泥濘的大衣，又長又寬，蓋過他的足踝，看起來好像是一張覆蓋着自己瘦骨嶙峋的肩膊的氊子。他載的褐色帽子，其霉濕陳舊一如他剛帶進來要修補的破鞋。

　　「我是個生意人，」鞋匠單刀直入的説，以掩窘態：「我還是直接了當的跟你説我為什麼要和你講話吧。我有一個女兒——噢，

她叫米麗琳，才十九歲——不但人好，而且長得很漂亮，漂亮得她走到哪裏，男孩子的眼睛就跟到那裏。這還不算，她又聰明伶俐，手不釋卷。所以，我想，我想像你這樣一個男孩子，一個受過教育的男孩子，也想要與我女兒這樣的女孩子碰碰頭吧？」說完後，他輕輕的笑了一下，本想繼續說下去，但又怕言多有失。

馬思瞪視着他，如一頭鷙鷹。好一會，他一直不作聲，弄得空氣極不自然。最後他問：「你說她十九歲？」

「嗯！」

「你不介意我看看她的照片吧？你手頭有沒有？」

「你等一等，」費德跑進鋪子裏去，不久就拿着一張米麗琳的小照趕出來。馬思接過，在光處照了照。

「很不錯，」他說。

費德等着下文。

「她是通情達理，我意思說，她不是那種輕輕浮浮的女孩子吧？」

「她很通情達理。」

又過了好一會，馬思才說如果有機會的話，他願意與米麗琳碰碰頭。

「這是我的電話，」鞋匠說着，急手急腳的遞過一張小紙條給他：「她六點鐘就下班，你打電話給她好了。」

馬思把紙條摺好，放在他破舊的皮夾子內。

「我那雙拿來修理的鞋子，」他說：「我忘了你說過多少錢？」

「別擔心價錢。」

「但我總得知道一個大概的數目。」

「一塊錢——一塊五毛，一塊五毛好了。」鞋匠說。

但話一出口，他馬上便感到有些微悔意。按例說來，這種工作該值二元五毛的。因此他要嘛是一毛錢也不收，要嘛是照常收費。

客人走後，他轉身返回鋪子，即為一陣猛烈的玎璫聲嚇呆了。舉頭一看，原來是梭保正使盡全身勁力，斧槌交加的拚命向那光禿禿的鞋型擂着。鞋模折斷了，鐵棒趁着衝擊地板的反彈力，一彈彈到牆上去。鞋匠光了火，正要開口罵人，可是他的助手早已把他掛在衣鈎上的衣帽一把扯下來，冒雪奪門衝出。

如此一來，費德多了一樁心事，不能整天盤念着他的女兒和馬思是否合得來的事了。因為梭保脾氣雖然古怪，卻是他的得力助手，店裏的業務，多年來都是由他一人管理。沒有他，這鋪子就開不成了。費德的心臟一直就有問題，要是過分操勞，就有倒斃危險。五年前，他心臟病發了一次。照那時他的情勢看來，他只有兩條路子可走：一是把業務割讓，以後賴些微的積蓄終其餘生；二是雇用一個夥計來幫忙，可是怕的是用人不當，到頭來會毀了他。就在他最沮喪時的一天晚上，梭保出現了。梭保是從波蘭逃難出來的，身材魁梧，衣衫襤褸，頭上本長着金髮，現已全禿。面貌平凡，表情肅穆，但從他那雙藍而柔和的眼睛看來，他卻像那種會因看到書中悲傷處而掉淚的人。總而言之，他說得上

是未老先衰了，沒有人會猜到他不過三十歲而已。見到費德時，他坦言說自己對造鞋一竅不通，但學起東西來手腳倒快，因此如果費德肯教他時他願意不計薪酬多少為他工作。站在費德的立場來講，雇用一個新手無論如何比一個陌生的熟手好。就這樣，他把梭保留了下來。而不出六星期，梭保所學到的修鞋技術竟然與乃師並駕齊驅。接着，鋪子裏的業務便由他代勞。

費德對這新夥計的信任，無以復加：他常常在鋪子守一兩個鐘頭後就回家去，把所有的錢都放在抽屜裏。他深知梭保對裏面的一分一毛毫不馬虎。最令人詫異的是他對自己的薪酬多少，毫不計較。他的需要少，對錢不感興趣。真的，除了對書外，他似乎對什麼東西都毫不關心。他把他的藏書，和與該書有關的讀書筆記，一本本的借給米麗琳看。這些寫得經牒浩繁，奇形怪狀的筆記本子，是他晚上寂寞時在他的光棍房「製造」出來的。這些本子，米麗琳自十四歲以來就捧着一頁一頁的翻看，視為至理名言。做老子的，看到女兒既如此煞有介事，只得聳聳肩就算了。為了要保障梭保的利益，費德常予梭保各種額外的賞給。但儘管如此，他仍常受良心譴責，因他並未堅持要梭保多拿薪水。他只不過告訴過他，如果他自己另起爐灶或到另一家鞋店去工作，他的收入一定比目前更好。但這夥計對他的建議充耳不聞，聳聳肩就算了。當費德再不厭其煩的問他此地有什麼留戀，或留此目的何在時，他終於答覆他說，因為自己嘗過了慘痛的流亡經驗，對世界已經害怕起來。

自從他把鞋型弄斷後，費德一直生他的氣，決意讓他在他的光棍房中悶一個禮拜，雖然他自己的氣力和業務，在這禮拜內一樣會受到損失。但打算儘管如此打算，經過他太太和他女兒幾次喋喋不休的嚴重警告後，他終於不得不外出找梭保去。這種經驗，他不久前有過一次。事緣出於梭保對費德起了捕風捉影的誤解：費德只不過請他不要老給米麗琳這麼多書看而已（她眼睛都因此弄得起了紅筋），不料他卻因此動起了肝火來，一怒而去。這種事情平素費德並不以為意的，因為過後只要他對他一說，梭保就返回他的工作崗位了。但這次情況不同了。幾經辛苦踩着雪堆走，好容易才捱到這光棍住的地方（他本擬叫米麗琳去走一遭，但後來想想不妥才打消此意），不料在門口給一位龐然大物的女房東擋駕，用濃重的鼻音告訴他梭保不在。費德明知她在瞎扯（這難民有什麼地方可去？），但大概是由於冷和過度疲勞的關係，他又不敢武斷地說她瞎扯。不過，他已決定不再堅持要看他了。於是他轉回家去，另聘了一個新人。

這種措施，權宜之計而已，因為他比前忙多了。舉例說，他再不能早上作元龍高臥了。他按時走下來為這位新雇的助手開門。他是一個長得黝黝黑黑、木然無語的人，但工作時卻常常弄得嘎哩嘎囉的響；令人聽來心煩。再說，他更不能對他如對梭保一樣信任，把鑰匙交給他。還有甚者，這位新手雖然鞋造得不錯，但對皮革的等級和價格一無所知，因此在辦貨時他只得親力親為了。而每夜收鋪後，他還得親自把鈔票點好，鎖在

抽屜裏才能離開。但雖如此，他並無怨言，因他現在念念不忘
的是馬思和米麗琳二人的事。這大學生打過電話來，約好了禮
拜五晚上與他女兒見面。如果這約會的日期由他來選擇，他會
選禮拜六，因為在他看來，只有禮拜六的約會才顯得出鄭重其
事。但當他知悉選禮拜五是米麗琳的主意的時候，他再不做聲
了。哪一天去約會，無關重要嘛！要緊的是約會以後的結果。
見過面，他們會做起朋友來麼？想到在知道這結果之前所需要等
待的那一段時間，他不覺嘆起氣來。他三番四次想跟米麗琳談
談馬思，問她究竟喜不喜歡像馬思這類的人——他只輕輕的對她
說過因為他覺得馬思是個好孩子，所以才提議他給她打電話。
有一次，他下了決心問她來了，而所得的答話卻是一句直截了當
的「我怎知道？」

　　好容易等到禮拜五。費德這天微覺不適，所以臥在床上，
而費太太也覺得應在馬思到訪時陪着丈夫。於是米麗琳不得不
親自招呼馬思進來。他們談話的聲音，費氏夫婦在裏面聽得清
清楚楚，尤其是馬思喉音濃重的聲音。在外出前，米麗琳帶着
馬思在她父親的睡房前走過。他在門口稍停了一會。他個子高
大，背微駝，穿着一套寬厚而見襤褸的西裝。但值得高興的是
當他與米麗琳父母打招呼時，大方而自然，沒有半點難為情的樣
子。米麗琳雖工作了一整天，不但毫無倦意，且明豔照人。她
亦是個面貌開朗，骨骼魁梧的女人，但發育均勻，身材健美。
此外她尚有一頭柔潤的頭髮。他們真是天生一對，費德心裏想。

　　米麗琳十一時半就回來。其時母親已熟睡，但她的父親卻從床上爬起來，找到睡衣穿上，然後走入廚房去。米麗琳靠在飯桌坐着，但大出乎他意料之外的是：她正在看書。

　　「你們上哪兒去了？」他高高興興的問。

　　「隨便走走，散散步。」她回答道，連頭也不抬起來。

　　「是我告訴他，」他清清嗓子說：「叫他勿多花錢的。」

　　「我不在乎這個。」

　　鞋匠燒了開水，泡好茶，也靠着桌子坐下來。在那杯茶內，他放了一片厚厚的檸檬。

　　「怎麼樣，」呷了口茶後，他輕輕嘆道：「好玩麼？」

　　「還不錯。」

　　他默然。她一定微微的感到她父親的失望了，故她加上一句：「才出去玩了一次，實在沒有什麼好說的。」

　　「你還會看他麼？」

　　她翻了一頁書，然後告訴他說馬思要求再見面。

　　「哪一天？」

　　「禮拜六。」

　　「那你怎麼說？」

　　「我怎樣說？」她反問，然後隔了一會：「我說好吧。」

　　之後，她問起梭保來。也不知為了什麼緣故，費德告訴他女兒說梭保已另有高就了。米麗琳也沒再問什麼，只繼續讀下去。費德並無因此而覺得良心不安。對禮拜六之約，他亦極其滿意。

在那星期內，費德旁敲側擊，終於從女兒處打聽到一點有關馬思的消息。他對這孩子所習的科目：會計學，感到有點意外，因為他一直以為他所習的，必定非醫即法。他微感失望的理由無非是在他看來，學會計學出來的人將來不外做個簿記員而已。他希望馬思所習的，當然是一種「較為高尚的職業」。但不久他就把會計學這個行業查出來，這才知道「審定政府會計師」是身價地位都非常高的人。於是他就以期待鴻鵠將至的心情去等待禮拜六的來臨。但禮拜六通常是生意忙的日子，他得守在鋪裏，故當馬思來看米麗琳時，他碰不上他們。但從太太那裏，他知道他們這次約會也沒有什麼值得一提的。馬思按鈴，米麗琳乃披衣而出——如此而已。費德沒有繼續問下去，因為太太並無觀人於微的能力。他拿了一份報紙，決定自己等米麗琳回來。但那張報紙，他一個字也沒看得下去，他的思緒完全為一幅遠景所籠罩。醒來時，女兒已在房間內，倦容滿面的正脫着帽子。他招呼着她，正想問晚上玩得如何，但不知怎的，忽地害怕起來。後來，見她既沒有自我說出的意思，他迫不得已才開口問。起先米麗琳唔唔呀呀的敷衍回答着，但不久顯然改變了主意，因她說：「煩死人了。」

過了好一回，當費德慢慢的從這痛苦和失望的情緒中恢復過來後，問起究竟，她才毫不猶疑的答：「因為他是一徹頭徹尾的物質主義者。」

「物質主義者是什麼意思？」

「他沒有靈魂，只對物質感到興趣。」

他把這兩句話想了許久，才問道：「那麼你還見他麼？」

「他沒問我。」

「如果他問你呢？」

「我不再見他。」

他沒跟她爭辯下去。可是，日子一天天的過去時，他又逐漸的希望她會回心轉意了。他又希望馬思會來電話，因為他相信這孩子有許多他這個未深世故的女兒所無法看出的優點。但馬思沒來電話。不但如此，他上課時還改道而行，不再經過他的鞋店。這令費德難受得很。

一天下午，馬思走進來取回他的鞋子。費德從一個特別的架子上(別的鞋子不放這裏)把皮鞋取下來。手工是他自己做的，鞋跟與鞋底修補得紮紮實實；鞋面擦得光亮照人，看上去，完整如新。馬思看了看，眼睛發亮，喉核也向上翻了翻。

「多少錢？」他問，沒有正面瞧着鞋匠。

「不是老早就告訴過你麼？」費德有點黯然的說：「一塊五毛錢。」

馬思付了他兩張皺得發霉的鈔票，找回了一個新鑄出來的五角銀幣。

他走了。米麗琳的事提也不提。就在該天晚上，費德發覺到新雇來的助手，原來一直騙他的錢。他心臟病突發。

　　雖然這次病得並不嚴重，但在床上，也躺了三星期。米麗琳偶爾提到要去找梭保，但不說則已，一說起來，她父親——即使現在抱病在身——也會勃然大怒，馬上起來反對。他心中卻明白，捨此之外確無他法了。病後第一天重返鋪子，弄得他筋疲力盡，越發使他相信梭保之重要性了。因此，晚飯後，他沒精打彩的拖着腳，向梭保的光棍寓所走去。

　　雖然明知上樓梯會對他身體不好，但他仍一步一步的爬到頂樓，敲了門。梭保開了門讓他走進去。房間小而簡陋，僅得一面向街的小窗，一張細小帆布床，一張矮腳桌子，和一堆堆橫七豎八的散在地板上的書籍。這使費德覺得梭保這個人怪得可以，一個沒有受教育的人居然看這麼多的書。他有一次問過他，梭保，你讀這麼多書幹嗎？這助手當時不知怎樣回答是好。你在什麼地方上過大學麼？他又問。梭保搖了搖頭。他讀書是為了求知，他說。於是鞋匠又問，求什麼知？為什麼要求知？梭保就沒有解釋下去了。這證明他猜想得對：因為梭保這個人怪得可以，所以才讀這麼多書。

　　費德坐下來，等呼吸恢復正常。梭保坐在床上，背靠着牆。他的襯衣和褲子都還乾淨，可是他那粗大的手指，一旦離開了他的工具，便顯得出奇的蒼白。他的臉瘦削而無血色，看起來好像是那天他一氣跑出了鋪子後，就一直把自己關在房裏的結果。

　　「你究竟哪一天才回來幹活？」費德問他道。

　　「沒這回事。」梭保突然發作的說，使費德吃了一驚。

他一躍而起，走到向街的窗口旁邊。「我回去幹嗎？」他叫道。

「我會加你的薪水。」

「誰希罕你的薪水。」

費德知道他說的是實話，一時不知對他再說些什麼好。

「那你要我些什麼東西呢，梭保？」

「什麼都不要。」

「你知道我常視你如己出。」

梭保馬上激動地否認他這句話。「你既這麼說，那你為什麼要在外邊找些不三不四的人去與米麗琳約會呢？你把我放在哪裏？」

鞋匠的手腳變得冰冷起來。他的聲音粗啞得幾乎不會說話。最後，他清了清嗓子發起牢騷說：「我女兒跟你這個三十五歲而又在我鋪子裏當夥計的人有什麼關係？」

「那你以為我替你幹了這麼久幹嗎？」梭保大聲說：「為了這幾個臭錢，我肯犧牲我五年的青春好讓你衣食無憂。」

「那為了什麼？」鞋匠大喊道。

「為了米麗琳！」他衝口而出的說。

過了好一陣，鞋匠才定下神來。「我的薪水，是付現錢的，梭保。」說完後，就沉默起來。他現在雖然情緒緊張，頭腦卻是極其清醒的，因此他不得不承認，他下意識地一直體會到梭保對米麗琳的情感。但在理性上他從來沒有好好的想過這件事，雖然在感覺上他知道有這麼一回事。他害怕起來了。

「米麗琳曉得麼？」他啞着嗓子問。

「她曉得。」

「是你告訴她的？」

「不。」

「那她怎會曉得？」

「怎曉得？」梭保說：「她就是曉得了。她曉得我是誰，曉得我內心藏着的是什麼東西。」

費德突然恍然大悟。原來這梭保鬼計多端，以借書及借筆記為名目，實在是利用此來對米麗琳慢慢的傳達他的心曲。想到此，鞋匠對他的夥計這種深謀遠慮的心計，感到異常的憤怒。

「梭保，你發瘋了，」他刻薄的說：「她永不會嫁給一個像你那樣又老又醜的人。」

梭保氣得面上發紫。他破口大罵費德一陣後，自己再也忍不住眼睛嚙住的淚水，開始飲泣起來。他的背向着費德，面對窗外，兩手捏着拳，肩膊因抽咽而顫動得一起一伏。

看見他這樣子，費德的怒氣全消了。他眼睛微覺濕潤，對這夥計的憐憫之心，油然而生。此事真令人想不通，這個憂患餘生，頭髮都已禿了的人，好容易才逃出了希特拉焚化爐厄運，千辛萬苦跑來美國，居然會愛上一個比他年紀少一半的女孩子。這五年來，他日以繼夜的坐在工作板櫈上，一板一眼的辛勤地工作，靜心的等着這小女孩長大成人，既不能用語言來表達自己的心境，而除了乾急外，實在一籌莫展。

「我沒有說你難看的意思。」他幾乎高聲的叫出來。

隨後他了解到他當時所用的「醜」字實非指梭保的面貌而言，而是指米麗琳的婚後生活（假如她嫁給他的話）。奇怪的是，他現在的感覺是，他女兒好像已嫁出去了，不多不少，正是一個鞋匠夫人。他替他的女兒的命運感到一種奇特而又難以壓制的哀傷，因這女兒將來的境況不會比她母親強多少。而他所有夢想，替她的將來尋求較合理的生活的夢想——這就是他為什麼肯這些年來胼手胝足，嘔心瀝血地拚命工作的理由——現在都全部破滅了。

房中寂然。梭保靠着窗口看起書來。說來奇怪，他看書時顯得年輕。

「她才十九歲，」費德傷心地說：「現在結婚未免太早了些。這兩年內，別跟她提起，等她到了廿一歲才跟她自己說罷。」

梭保沒回答。費德站起來了。他艱辛地走下了樓梯，但一到外面，雖然這晚上天氣冰寒，白雪落了滿街，他的步伐卻比前穩健多了。

第二天一早，當鞋匠帶着沉重的心情跑去開店時，他覺得已多此一舉了，因他的夥計為了他的愛人早已坐在鞋型旁邊，玎玎瑯瑯的工作了。

哭喪的人

　　凱斯勒以前是個用燭光檢驗雞蛋的技師，現在退休了，單靠社會福利金過活。他現年雖過六十五，但如果不是他那麼動不動就跟人翻臉的脾氣，那麼就憑他那手快而準的驗蛋本領，他不愁在牛油和雞蛋的批發商中找不到優薪的工作。但他鬧事出了名，害得同業都怕了他。因此他退休後就靠着一筆退休金過着極其簡單的生活。他現在居住的，是東區一所破舊屋子頂樓的一間廉價房子。也許是因為他住得如此高，故訪客極少。他這輩子大部分的時間都是如此：常常一人獨處。他也曾一度有過一個家，但大概是覺得太太和孩子太累贅，使他受不了，故相處沒多少年，就棄家出走了。過後他父子夫婦間從未會過面，他不去找他們，而他們也不找他。三十年就這麼過去了。他不知道他們現在身在何方，也根本很少想到這回事。

　　他雖在這屋子住了十年，卻絕少和人來往。他五樓房子的左右鄰住客——一家是義大利人，三個中年的兄弟和一個年邁的母親；另外一家是一對寡言笑而又無子女的德國夫婦霍甫曼——從未跟他打過招呼。而他在狹窄的木板樓梯上落碰到他們時，

亦絕不理睬。在這所房子內的其他住客,若在街上碰到他時,只覺得他非常面善,但卻以為他是住在另一條街的。

在這屋子內所有的人中,生得矮小而駝背的管理人逸理斯,因曾與他相對玩過幾次紙牌的關係,算是與他最熟的了。但逸理斯紙牌技術欠精,常是輸家,所以後來乾脆就不找他玩了。他對他老婆埋怨說凱斯勒的房子骯髒得很,家具又爛又破,那沖天的臭氣,實在受不了,他一聞到就想吐。當着其他住客,這管理人也一樣口沒遮攔的把凱斯勒房子的臭味恣意宣揚,使到他們碰到了他,退避三舍。凱斯勒對其中究竟,心中當然明白,但反正他老早就瞧不起這些人,所以懶得去理會。

一天,凱斯勒和逸理斯終因倒垃圾的事吵起來。後者說前者應把裝圾垃袋放在鐵桶內而不應堆積在食物架上。先是你一言我一語,不久就指名對罵,到最後凱斯勒就把門砰然關上,把逸理斯關在外邊。逸理斯一口氣跑了五層樓梯,當着他那木無表情的老婆前,破口大罵這老頭子一番。恰好當時房東格魯伯——一個整天愁客滿面、衣服穿得臃臃腫腫的胖子——正在這所房子內,檢驗着自來水管修理後的情形。於是這個怒火沖天的管理人,乃把他與老頭吵架的原因和經過原原本本的告訴了他老闆。他捏着鼻仔,向老闆描述凱斯勒房子怎樣的臭氣沖天。最後他說這老頭子是他所碰過的最骯髒的人。格魯伯知道他在誇大其詞,但由於經濟所給予他的壓迫太大,所以血壓上昇快得出奇。於是他隨口便說:「給他遷出通知。」自戰後,格魯伯的房

客中，沒有一個跟他立契約，因此若有誰問起這件事來，他自信可用凱斯勒是「不受歡迎住客」的藉口來為自己辯護。他心中起了一個主意：叫逸理斯在凱斯勒房子的牆上草草的粉擦一下，就可比現時多租五元給別人了。

當天晚飯後，逸理斯就大模大樣的跑上樓去敲老頭兒的門。老頭兒一開了門，看到站在門檻是誰，立即把門砰地關上。管理人仍從門外大聲喊道：「格魯伯要我來給你遷出的通知。我們不要你住在這裏，你的房子臭氣沖天。」裏面一些回音都沒有，但逸理斯等着，一面在細細的體味着他剛才說話的神氣。過了五分鐘，房子裏一樣寂然無聲。他仍在等着，腦海裏呈現着這個猶太老頭在門後瑟縮發抖的樣子。他再說話了：「我們給你兩星期的通知，下月一號前，你最好搬出，否則格魯伯先生和我就攆你出去。」慢慢的，門開了。老頭子出現時，不知為何緣由，他自己忽地給這老頭的樣子嚇怕了。在他們開門的那一刹那，凱斯勒好像是一具從棺材裏走出來的殭屍。但如果他面有死色，他的聲音倒是生龍活虎，他喉音嘶啞得怕人，把逸理斯祖宗三代都臭罵過了。他眼帶紅絲，面頰深陷，那撮小鬍子激動地搖曳着，看起來，他大喊一句，他的體重即有減輕一分的樣子。管理人現在連跟他吵的心情都沒有了，但受了這頓臭罵，卻難下氣，只得大罵一句說：「你這又髒又臭的老瘟三，你最好乖乖的搬出去，省了我麻煩。」凱斯勒怒不可遏，乃發誓說除非他們把他殺死拖着出去，否則不必妄想他會遷出。

　　十二月一日的早上，逸理斯在信箱內找到了老頭子二十五元的房錢，包在一張髒紙內。當天晚上格魯伯來收房錢時，逸理斯就將此交給了他。房東拿着這些錢，心不在焉的看了一看，皺起眉頭，厭惡的說：「我不是告訴過你給他通知麼？」

　　「說過了，格魯伯先生，」逸理斯隨着說：「我已通知過他。」

　　「真是他媽的混蛋！」房東說：「拿鎖匙給我。」

　　逸理斯把那串門匙交了他後，他便一步一歇的開始拾級而上，氣喘如牛。他每到一層樓必稍事休息，但縱然如此，這幾層樓梯也夠累得他汗出如漿了。這實在是在火上加油。

　　爬到頂樓，他大力搥着老頭兒的門。「快開門，我是房東格魯伯。」

　　沒有回話，裏面亦寂然無聲。格魯伯只得用門匙來自己開門了。原來老頭兒用一個衣箱和幾張椅子堵着門口。格魯伯用肩膊抵住門口，用力一推才擠進這昏暗的兩間房公寓的客廳。老頭面無血色，站在廚房的走道。

　　「我警告你，你給我滾他媽的蛋出去！」房東疾言厲色的說：「你不滾我只有打電話找警察局。」

　　「格魯伯先生，」凱斯勒正要說。

　　「別再跟我囉囉嗦嗦，滾出去就是了。」他四週打量了一回道：「這簡直是間臭得像廁所的廢物店！單是把它弄乾淨也得花我一個月。」

「這不過是我燒包心菜的味道，是準備在晚飯吃的。你等一回，我窗子一開，味道就跑去了。」

「你搬走後，這味道不吹自散。」他掏出了大皮夾子，點了十二元，另加五毛零錢，砰的一聲擲在衣箱的上面。「我再給你兩個禮拜，等到十五號，你再是不走的話，我就會叫人來幫你搬走。別跟我再囉嗦。若是你離此後搬到一個別人不認識你的地方去，也許可以找到一個狗窩。」

「不，格魯伯先生，」凱斯勒激動地說：「我既沒做錯什麼事，我就留在這裏。」

「別拿我的血壓開玩笑，」格魯伯說：「如果到十五號那天你仍在這裏，我自己會托着你那兩根瘦骨頭攆你出去。」

說完他就拖着沉甸甸的腳步走下樓去。

十五號那天，逸理斯在他的信箱內又找到十二塊五毛錢。他乃電告格魯伯。

「我會找人來把他的東西搬出去，」房東大聲喊道。隨後他吩咐逸理斯用紙條告訴老頭說房東拒絕收他的租錢，所以現在塞在門縫底下壁還給他。逸理斯依了話照做。凱斯勒不久就把租錢放回信箱內，而逸理斯又不厭其煩的寫了一紙條，連同租錢再度塞在老頭的門縫下。

第三天老頭子接到一份迫遷通知書，要他禮拜五早上十時到法庭，去答辯為什麼糟蹋和毀壞了房東的物件後，仍不肯遷出的

理由。凱斯勒從來未上過法庭，這紙政府公文無疑把他嚇得半死。到該出庭那天，他缺了席。

當天，警官帶來兩個孔武有力的助手來訪。逸理斯幫他們打開了門，但他卻在他們推門而進時，一溜煙似的跑落樓下，躲在地窖裏。老頭子儘管大哭大嚷，那兩助手卻異常熟練地把他的幾件簡單家具搬了出去，擺在行人道上。東西搬出後，他們費了一番手腳，把浴室的門撬開，才把老頭子拖了出來（因他把自己鎖在裏面）。他呼喊着，掙扎着，向鄰居求助，但他們只默默地在門外站着觀望。那兩個助手分頭緊緊的抓着老頭的手和瘦骨嶙峋的腿，也不管他邊踢邊叫，硬把他抬了下樓。他們在他的雜物堆中找到一張椅子，就將他擱下。在樓上，警官用逸理斯給他的一把鎖鎖起這老頭的房間，並簽署了一張文件，然後交給逸理斯的老婆。跟着他便和兩個助手乘車而去。

凱斯勒一直就在行人道上那張破椅上坐着。天下着雨，瞬即成雹，但他仍坐在那裏。行人路經該處時，只好繞過他那一大堆東西而走。他們向他打量時，他瞪着白眼。他既不戴帽子也沒穿大衣，雪落在他身上，令他看起來好像是這堆雜物中的一件。不久頂樓上那位義大利老太太和她兩個兒子一同回來，每人手上攜着一裝得滿滿的購物紙袋。當她發覺到呆呆的坐在這堆家具中的不是別人，正是凱斯勒的時候，她尖聲大叫起來。她用意大利文向凱斯勒大聲叫喊着，但老頭子對她所說的卻充耳不聞。她站在門廊內，舞動着乾癟的手，鬆弛的嘴巴不停地開

開合合個不停。她那兩個兒子設法使她安靜下來，但她吵鬧如故。幾個鄰居因此跑了下來看看是誰鬧得如此天翻地覆。最後，她的兩個兒子感到計窮了，乃放下了那兩個紙袋，把老頭兒連椅扛起來，一直把他扛上樓。老頭子的另一位鄰居霍甫曼也幫忙着用一把三角銼把扣鎖打開了。之後他們就把老頭子抬回他被迫遷出的房間。不消說，逸理斯自然對他們破口大罵，但仍阻不了這三個人往樓下去分工合作的把老頭子的椅子、破檯子、衣箱和一張老得像古董的鐵床搬了上來。他們把這幾件家具都一骨碌的堆在他的睡房中。老頭兒坐在床沿上，哭泣起來。不一會，那位意大利老婆婆送來一大盤用番茄醬和碎乳酪作調味的通心粉。後來，他們就走了。

逸理斯把這事的經過在電話上告訴了格魯伯。房東正在吃飯，一聽到了這消息，嘴裏嚼着的東西馬上變了在喉之骨。「我把這些王八蛋一個個都轟走！」他叫道。說完後他戴上了帽子，馬上便開車，衝過了滿街的爛泥，向他的房產地區駛去。一路上他滿懷心事，耽心着修理的價錢和保養費用。他更耽心房屋有一天會塌下來。他從報章上知道這類的事確曾發生過。房子的前座突然與後座脫了節，像一個排山倒海的大浪一樣，向着街心倒下來。他又詛咒着老頭兒害得他連晚餐都吃不完。一跑到屋內，他就從逸理斯手中搶過門匙，馬上拾級登樓。逸理斯想跟着上去，但格魯伯卻叫他還是乖乖的躲在他的窩裏，不要出來的好。房東不注意他時，他即躡手躡腳的跟在後面。

　　格魯伯扭動了門匙，探身進了凱斯勒的漆黑房間。他拉了電燈開關的鍊子，看見老頭兒毫無生氣的坐在床沿上。地板上靠近他雙腳的地方擺着一盤冰冷的義大利通心粉。

　　「你獃在這裏幹嗎？」房東暴躁如雷的問。

　　老頭兒紋風不動。

　　「你知不知道這是違法的事？這叫擅入私人房產！所以你現在是違犯了法例，你知道不知道？告訴我！」

　　凱斯勒一樣啞然無語。

　　房東不停的用一塊黃色的大手帕擦着額角。

　　「來，你聽着，你這樣子做簡直是自找麻煩。如果他們在這裏捉到你，他們可能送你到養老院去。我實在是説老實話勸告你。」

　　令他驚奇的是老頭兒居然有了反應，以淚光閃閃的眼睛望着他。

　　「我究竟哪兒惹了你？」他傷心地哭着：「我在此住了十年，每月房錢按時付得一文不欠，而你卻把我趕出去！我犯了什麼過錯？你告訴我？你怎能無緣無故的傷害人？你究竟是希特拉還是猶太佬？」他邊説邊用拳擂着自己的胸前。

　　格魯伯脱下他的帽子。他靜心聽着，起先不知怎樣回答好，後來終於説：「你再聽着，凱斯勒，這並非是我和你有什麼過不去。這棟房子是我的，現在這房子已慢慢的要塌了，保養費和修理費貴得驚人，所以如果住客不合作，我只得請他走路。

你不但不幫忙保養，而且還和我的管理人處處過不去，因此我只得請你搬走了。你早上走吧，我既往不究。但如果你還不識相，那我只好煩警官再來一次，把你再攆出去了。」

「格魯伯先生，」凱斯勒説：「我不走。你打我可以，殺我可以，但我不走。」

逸理斯一直在門外偷聽着，一見房東怒氣沖沖的跑出來，馬上一溜煙的跑了。那天晚上格魯伯一夜不得好睡。第二天一早他就開車到警察局找警官去。半途他停下車來去買香煙，突然決定再向凱斯勒勸説一次。他打算替他想辦法弄他進老人院去。

於是他便轉到他的房屋去敲逸理斯的門。

「那老傢伙還在樓上麼？」

「我不知道，格魯伯先生。」逸理斯的舉止極其不安。

「什麼意思，你説不知道？」

「我沒看見他出去。剛才我從門匙孔裏瞧進去，但聽不出什麼動靜。」

「那你為什麼不用你的鑰匙開門進去？」

「我怕，」逸理斯神經緊張回答説。

「怕什麼？」

逸理斯沒説。

格魯伯亦渾身發抖了一下，但卻沒露形跡。

他抓了鑰匙後，便拖着沉重但極其急促的腳步上樓去。

無人應門。他一邊用鑰匙開着鎖，一邊冒着冷汗。

　　老頭兒還是活生生的，光着腳坐在浴室的地板上。

　　「來，凱斯勒，你好好的聽着，」房東説，雖然他的頭仍痛得要命，但已放下了心頭大石了。「我有個好主意，如果你依着去做，那麼一切問題馬上便可解決。」

　　他乃將他的打算告訴了凱斯勒，但老頭子一點也沒有聽進去。他眼睛下垂，身體慢慢的搖得東歪西擺。儘管房東説得天花亂墜，他現在正追憶着，昨天他坐在行人道上時，在他腦海中湧現出來的一切景象。那時天正下着雪。就在這時，他思潮起伏，不但想自己的坎坷境遇，而且更想到他青年時做出來的缺德事：棄妻別兒，以後一直連一個銅板也沒有給他們母子四人作生活費。這還不算，就從他離家那天開始到現在為止——願上帝饒恕他——他對他們的死活，連一次也沒有關心過。一個人在此短短的生命中怎會做出如此多傷天害理的事？這個問題一直折磨着他，痛徹心肺。他一面想，一面就嚎啕大哭，以他的指甲力抓他的皮肉。

　　看到凱斯勒這種痛苦的樣子，格魯伯呆了。我也許該讓他耽下來吧，他想。他再看老頭兒一眼時，才發覺原來老頭兒正蜷縮在地板上，樣子看來如在哭喪：他臉色因絕食而顯得蒼白，身體前仰後翻，鬍子已稀落得剩下一小塊黑點。

　　一定出了什麼亂子了。格魯伯極力要想出個究竟來，但周圍的氣氛悶得使他有窒息的感覺。他覺得應該馬上衝出去，馬上離開這地方——他這麼想着，馬上便看到他自己失足從五樓樓

梯直滾到地下的情形。看到跌得破破碎碎的自己癱臥梯底時，他馬上苦痛的呻吟起來。但他身體仍好端端的在凱斯勒房裏，聽着禱告的聲音。一定是有人死了，他喃喃地說。他起初以為老頭兒一定是聽到了什麼消息，但不久他就直覺地感到沒有這回事。突然，他猛地感到，凱斯勒正在哀悼的，就是他自己：他自己才是死者。

房東悲痛欲絕，汗流如漿，身體四肢感到一股碩大無朋的壓力在他體內激動着，而且一直向他頭上衝，好像要從那裏炸出來的樣子。他靜候着心臟病之突發。但這種窒息的感覺亦漸在痛苦中消失，令他頹然若失。

過了好一會，他打量房屋的四周，發覺房屋此刻正沐浴於陽光與芬芳的氣息中，潔淨異常。驀地，他為自己這兩天來所加予老頭兒的種種折磨感到深深的悔意。

最後，他實在忍受不了良心的譴責，乃大叫一聲，把凱斯勒床上的被單拉了來，緊裹着自己肥大的身軀，砰然坐到地板上，自己成了一個哭喪的人。

夢中情人

　　麥加把那卷看了傷心的小說底稿，扔到房東盧斯太太後院那個鏽得發黑的垃圾桶底燒了以後，一直將自己鎖在房內，不知過了多少禮拜了。除了在半夜偷偷的跑出來拿餅乾和（有時多拿一罐罐頭水果）充飢外，簡直是半步不出門。房東太太心腸極好，為了誘他出來，不知出盡了多少法寶。而且，麥加從樓板的腳步聲和陣陣傳來的香水味推測，房東一定招來了一個單身的女客。一個單身的女客！如果稿子不退回來，那多好！但他仍躺在床上，抗拒這些誘惑。

　　在深秋時分，他的小說底稿，經過了一年半的時間和二十多個出版商之間的來回往返，終於退回。他一氣，把底稿扔到一個秋天燒落葉的大鐵桶裏面，拿着一根長竿子，挑着來燒，好讓每一張紙都燒光。在他頭頂，幾個爛蘋果，彷彿掛在光禿禿的聖誕樹上的殘餘飾物。在火堆上一撥，火花就向上飛揚，撲向那個乾癟的蘋果。這個蘋果不但是他白費三年心血的象徵，也是他幻想做作家希望的空。麥加並不是一個多愁善感的人，看着這堆稿紙化為灰燼後（足足燒了兩個鐘頭），心中也難免感到一陣辛酸。

火堆上另有一疊大小不一的紙條：致出版界經紀人的底稿和他們的回信。（他為什麼把這信件收藏起來，連自己也不知道。）這疊信件中佔數目最多的，是那些印得整整齊齊的退稿通知，有三張女編輯在通知上打上一兩行字，說退稿理由之一，是他的象徵手法用得太多，文意模糊不清。只有一位女編輯鼓勵他再接再勵。儘管他收到通知時亂罵這些編輯是殺千刀，他的小說，一樣無人問津。麥加還是花了一年時間再寫一本。其時適逢一本舊小說稿退回，他便擱下筆來，把舊作細讀一番，然後再看新作，發覺「象徵手法」，不但沒有減少，而且越來越顯明，原意越來越模糊了。寫新書的計劃，因此擱在一旁。自此以後，他心血來潮時會爬起床來，拿起筆，想寫點新東西，結果卻一個字也寫不出來。而且，他信心盡失，不相信自己寫的東西會有任何價值了。即使有，難道那些在麥遜遜街辦公，位居要津的編輯人會賞識他作品中的真正價值和感人的地方麼？因此，幾個月來，儘管盧斯太太不斷苦口婆心相勸，他發誓今後不再動筆。（其實，這個誓也發得多餘，即使不發，他也寫不出什麼東西來了。）

自此以後，麥加便把自己關在房間裏發呆。室內的黃色牆紙已經褪色。壁爐架上，掛着一幅他買來的歐洛斯可彩色複製品，畫的是墨西哥農夫彎着腰作工的辛勞情形。麥加發腫的眼睛，不是凝望着對面屋頂鴿子嬉戲，就是漫無目標地隨着街上往來穿梭

的車輛而轉動（他對行人倒無興趣）。他昏頭昏腦的睡上好半天，做過不少夢（有些極為可怕），醒來就向天花板獃望。雖然他幻想下著雪，卻從未把天花板看作天空。如果遠處傳來了音樂，他也會傾聽。偶然，他也會翻看一下歷史或哲學之類的書籍，但如果任何一本使他感到「技癢」，他就會把書砰然闔上。他不時提醒自己：麥加，除非你自己結束這種生活，否則這種生活就會結束你了。但這種「自諫」起不了作用，他日見蒼白瘦弱，一次在換衣服時看到自己消瘦的大腿，難受得幾乎想哭。

　　房東盧斯太太也是一個作家，雖然作品不行，但對作家極感興趣，一有機會，便把作家招來做房客（她善於鑒貌辨色，只要來看房的客人說兩三句話，就能分別出他是否屬於這一行業）。把房子租給作家，經濟上可能不划算，但她卻不計較這些。因為她自己喜愛寫作，對麥加目前的心境，極為了解。為了引他出來吃飯，她繪聲繪影把午餐菜式背給他聽：湯煮得熱騰騰的，麥加，麵飽又白又軟，還有牛蹄湯，番茄汁泡飯，芹菜，雞胸肉，喜歡的話還有牛肉。他要吃什麼甜品，他可以自己挑。此外，她還將她自己的身世，從少女時代開始，講到和盧斯先生婚後種種的不愉快，給麥加推心置腹的寫長信，原原本本的告訴了他，並希望他運氣比自己好。這些信，她封了口，從麥加的房門底下塞進去。或者，她從自己的藏書裏，挑了各式各樣的雜誌出來，放在麥加的門口。在這些雜誌所發表的故事上，她加了按語：「你一定會寫得更好。」但麥加對這些

書報，看都不看一眼。她訂閱的《作家雜誌》一送來後，她便馬上拿去給麥加先看。迄今為止，以上諸般法寶一無效用。麥加仍房門深鎖，聲息全無。盧斯太太不得已（她曾在客廳內躲了一個鐘頭等他開門出來），單膝跪下地來，透過鎖匙孔望進去：麥加仰臥在床上。

「麥加！」她嗚咽着說道：「你看你瘦成這個樣子，簡直只剩下一把骨頭了。快下來吃點東西罷，別把我嚇壞了。」

麥加依舊木然不動。她只得另出辦法，說：「我已拿來了乾淨的被單，讓我進來替你把床鋪和房間收拾一下。」

他巴望她不再囉嗦下去。

盧斯太太癡等了好一會後，說：「我們添了一位新房客，庇雅蒂斯小姐，就住在你這層樓上。麥加，她不但長得漂亮，而且還是作家。」

麥加雖然仍默不作聲，盧斯太太卻曉得他正傾耳聽着。

「我猜她大概是廿一二歲的年紀罷。細腰隆乳，臉蛋兒又漂亮。還有，麥加，你該看看她晾曬在外的內衣，唉，真像鮮花搖曳。」

「她寫什麼東西？」他以極其莊嚴的語調問。

盧斯太太咳嗽起來。

「我聽說她替廣告公司寫廣告稿，但對寫詩極有興趣。」

麥加翻身轉到另一邊去睡，一語不發。

房東太太把餐盤留在客廳，上面盛着一碗熱騰騰的熱湯，香

氣撲鼻，更迫出麥加的餓火來。此外她還留下兩床被單、一個枕頭、乾淨毛巾，和一份當天的《寰球報》。

　　他把房東太太留下的那碗湯狼吞下去（他餓得幾乎要把那兩床乾淨被單也要嚼爛吞下），他攤開《寰球報》，旨在證明一無可觀，那標題也告訴他：正確無誤。他正想把報紙揉成一團，扔出窗外時，突然記起載於社論版上的「開放世界」這一欄。他好久沒看這一欄的東西了。顧名思義，「開放世界」是「園地公開，歡迎投稿」的小說版，稿酬每千字五元。過去有一陣子，他常在這兒投稿，因此也曾飽嘗等候報紙出版，看看自己的稿件是否登了出來的焦急滋味。（他記得從袋裏掏出五分錢出來時，手顫得發抖。）雖然他現在怕舊事重溫，但害苦了他的，就是這張報紙。如果不是這張報紙在不到半年之內，刊登了他十二篇小說（他把稿費買了一套藍西裝和一瓶兩磅重的果醬），他不會寫起長篇小說來（阿彌陀佛）。第一本寫完，寄出去，退了回來，他又寫第二本。而結果一樣慘淡。「開放世界」，哼！真是害人不淺，現在自己不但信心全失，而且越來越覺得自己面目可憎了。他一想起來就恨得咬牙切齒，而一咬牙，咬到壞牙裏的洞，就痛徹心脾。但過去甜蜜的回憶佔了上風，每次他的小說刊出來時，馬上就有二十五萬讀者，而且，這二十五萬讀者，都是住在本地的人，所以每次他的東西登在報上，他便有「眾人皆知」的感覺。公共汽車裏的乘客在看他的小說，飯堂裏的食客也在看

他的小說，公園裏的遊客在看他的小說，而麥加卻像魔術師似的，到處窺伺，靜觀他們的七情六慾。除此之外，他還收到編輯、讀者，和其他一些他做夢也不會想到的人寫給他的信，對他恭維備至。想起這些往事，他眼睛不覺濕潤起來，情不自禁的望了這一版的文章一眼。不料不看猶可，一看就放不下手。

這個題名為〈我〉的故事看得他心驚肉跳。叫瑪特蓮‧索恩的作者在這個故事中，雖僅把自己淺淺的描繪了幾筆，然而在他的腦海中，卻馬上變得栩栩如生了——她大概是二十三歲吧，身材纖小靈巧，極通人情世故，大概是歷盡世界風險的結果。這且先別管。卻說那一天，她悲喜交集的在樓梯間走上走下。和他自己一樣，她住的也是公寓，也是寫小說的。她白天幹的是女秘書那一類的工作，下班回家時，已筋疲力盡，因此寫作時間，都在晚上。如此一點一滴的積存起來，用打字機打好，放在紙盒內，然後就是往床底下一塞。一天晚上，當全書只欠一章就大功告成時，她便把紙盒從床底下拖了出來，躺在床上，把初稿重讀一次，看看自己寫得怎樣。她一邊一頁一頁的翻看着（隨手就丟在地板上），一邊心事如麻。這裏需要改寫，那裏用字不妥，總之，一想到二稿時所要做的工夫，就覺得煩厭不堪。最後，她入睡了。一覺醒來，東方已白，陽光刺眼，原來睡前忘了上鬧鍾。只三扒兩撲，把散佈在地上的底稿全推到床底下。匆匆盥洗梳頭完畢，套上了乾淨衣服後，連跳帶跑下了樓梯，直奔出屋外。

　　那天去辦公室裏工作，心情出奇的愉快。但不管做什麼事也好，她腦海裏念念不忘的，仍是那本將完未完的小說。偶然想到了什麼新主意，她馬上用筆記下，務使此書符合她自己所要求的標準。下班時，人逢喜事精神爽，買了鮮花帶回家去。一進門，只見房東太太笑面迎人說：「你猜我今天替你做了什麼事？我買了新窗帘和顏色相配的床單──還有，我還買了新地毯，這樣子你就不愁腳凍了。還有，你的房間已由上至下煥然一新！」呵喲我的天！瑪特蓮一步三跳的奔上樓去，俯下身在床底下四處搜索。紙盒空空如也。渾然間，只覺眼前天愁地慘。「請問我床底下那些打字稿哪裏去了？」房東太太一聽，馬上以手掩嘴，然後答道：「哦，你是說那些地板上的紙張，是不是？我以為你擺在那裏是要我來清理的。」瑪特蓮壓下聲音說：「那你都扔在垃圾箱裏去了吧？我──我想倒垃圾的要到禮拜四才拿去，是不是？」「不，我今早把它們放在鐵桶內燒掉了，足足燒了一個鐘頭，幾乎把我眼睛弄瞎了。」幕下。麥加苦哼了一聲，癱在床上。

　　他堅信此故事所載，無半字虛言。他彷彿看見那個瘋婆子將原稿扔下鐵桶，不斷撥弄，一頁頁都燒盡才罷。多冤枉，多年的心血，一把火燒掉了。他嘆息不已。這個故事還使人入魔。他竭力不去想它。最好的辦法當然是離開這個房間，離開這個觸景生情之地。但袋裏不名一文，能到哪裏去呢？做些什

麼呢？結果他依舊躺在床上，不管醒着也好，睡着也罷，不斷地做着有關鐵桶的惡夢（在這桶中燃燒的，不只是瑪特蓮的書），他也分擔着瑪特蓮的痛苦。在夢中，這鐵桶——一個他從未想到的象徵——煙濃如油漿，而飛揚的火花，卻似他們現已化為灰燼的作品中的字字珠璣。鐵桶顏色，俄而火紅，俄而死黃，俄而墨黑，裏面藏着他們的骨灰。惡夢過後，他對瑪特蓮憐惜之心，油然而生。就差最後的一章，唉，真是事有湊巧。他眞希望能夠給她解憂，用幾句好話或什麼表示來安慰她，要她繼續寫下去，因為她會比以前寫得更好。靠午夜時，他實在不能忍受下去了，便翻起身來，塞了一張白紙在手提打字機的滾軸裏，在萬籟俱寂的時分，草草的打了個便條給瑪特蓮，托《寰球報》轉交。在這封信內，他以「同行」的身分向她致意，鼓勵她不要氣餒，繼續寫下去。在書桌的抽屜裏，他找到一個信封和黏答答的郵票。他躡手躡腳溜了出來，毅然把信寄了。

　　但信一投進郵筒，他即生悔意。他是不是有點神經不正常了？好罷，就算他寫了信給她罷——但如果她回信怎辦？誰想，誰要通信？他簡直沒勁頭去寫信了。自從去年十一月把書燒掉後，他一直就沒有收過什麼信件（現在是二月了）。這正是他求之不得的事。但當晚上眾人入睡後，他出來偷東西裹腹時，忍不住，點了火，向郵箱照了照。第二天晚上，他更進一步，以手指伸到郵箱去，空的。活該，自找麻煩，自此之後他幾乎全忘了瑪特蓮的故事了——那就是，他不像以前那麼為它魂牽夢縈

了。再説，如果瑪特蓮心血來潮，覆了他的信，房東太太也會親自把信送上來的。第二天早上，他一聽到她上樓時那陣輕快的腳步聲，他知道，瑪特蓮的信到了。先別緊張，麥加。儘管他對自己警告説，他現在所過的日子，與現實已脱了節，許多事是「耳聽不實」，但當盧斯太太輕輕叩門時，他的心卻禁不住砰然跳動，他沒有應門。房東太太提起嗓子説：「麥加，有你的信喲！」跟着，她便把信從門底下塞進來──這是她最大的消遣，他在床上等着，等到她離開後（他不要她為此自鳴得意）才一躍而起，把信封一扯撕開。「麥加先生（字體寫得多夠女性化）：謝謝你的同情關心。瑪特蓮・索恩謹上。」就是這麼幾個字，既沒有回信地址，什麼都沒有。他忍不住長噓一聲，反手把「它」和「她」一併拋到廢紙籃去。可是第二天，當他收到瑪特蓮的第二封信時，他的喊聲更大了。原來她的故事不是真的，每一個字都是她憑空虛構的；她很寂寞（這是實況），希望他繼續來信。

　　拖了好一陣子，麥加終於覆了信。反正閒着沒事。他對自己説，他是為了要安慰瑪特蓮的寂寞而寫的──好吧，算了吧，我們兩個人一樣寂寞。最後，他不得不承認，他與瑪特蓮通訊，無非是因為除了寫信以外，再也寫不出什麼東西來。承認了這事實後，他反覺心安理得多了。另一方面，他感覺到，儘管他發誓不再動筆，但是如果與瑪特蓮繼續通訊下去，有朝一日，他必會技癢難熬，要把那本擱了下來的小説寫下去。（創作

能力消失的男作家為了要恢復其創作能力而與女作家通訊起來！）由此可見，他是希望藉着和瑪特蓮通訊的關係，來消除他自己對自己的憎恨——因疏於工作而恨自己，因想不到好的題材而恨自己，因自己與世隔離而恨自己。啊，麥加！麥加！他因自己的軟弱而感喟起來。他給瑪特蓮的信，措詞非常粗暴無禮，有時甚至可以說是刻薄無情。但奇怪，瑪特蓮給他的覆信卻是那麼溫文爾雅，那麼委婉，那麼言聽計從。因此，兩人通信不久後，就談到要見面了（誰逃得了？他質問着自己）。有關會面的事，是他自己先提出來的。她答應了，答應得非常勉強，因為她擔心見了面會影響到他們原來的關係。

　　約會定在星期一的晚上，地點選在靠近她工作處一個公共圖書館的分館。這是她選擇的，真不離書獃子的本色。如果他自己挑，他寧願選街道的轉角，因活動自由。她告訴他說，當天晚上她會戴上一條紅色的三角頭巾。現在麥加發覺對她的相貌好奇起來了。究竟她長得怎樣的呢？以她的信猜度，她為人謙厚、誠懇、通情達理，但她的身材如何，卻無法由此臆度。他選女人的條件很多，其中不可或缺的就是樣子好看。但瑪特蓮不會好看。這個結論，一半來自他的直覺，一半來自瑪特蓮給他的暗示。在他的想像中，她身材可能近於肥大，但面貌一定相當娟好。但如果她是個聰明、勇敢而又非常女性化的女子，相貌即使平庸一些，又有什麼關係？像他這樣的人，正需一些特別的東西。

　　三月天，晚上街外雖然仍有點冷，然春寒不峭。麥加把兩邊窗都開了，讓涼風吹到身上來。剛要外出時，一陣叩門聲。「電話，」是女孩子的聲音，大概是那廣告女郎庇雅蒂斯吧。他靜待她離去後才開門出去，走到客廳去接這個今年以來第一個電話，他一拿起了聽筒，客廳的一角馬上露出一線燈光來。他瞧着那方向望了一陣，門隨即關上。都是房東太太的不好，在其他房客前把他說成怪人的樣子。「我住在樓上的作家，」她老愛這樣子對人說。

　　「麥加？」瑪特蓮問道。

　　「嗯。」

　　「麥加，你知不知道我為什麼打電話給你？」

　　「我怎麼知道？」

　　「我喝得半醉了。」

　　「別先喝。留着等我。」

　　「但我有點兒怕。」

　　「怕什麼？」

　　「因為我很喜歡看你的信，而我們見面後，你也許不再寫來了。你真的要見我嗎？」

　　「要的。」

　　「假如我並不如你想像中的那樣呢？」

　　「那是我的事。」

　　她嘆了口氣，說：「那就好吧。」

「那你會到麼？」

她一聲不響。

「我的老天爺，別這樣子折磨人好不好？」

「好吧，麥加。」她掛斷了。

真是一個多愁善感的孩子！從抽屜裏匆匆把碩果僅存的一塊錢拿了後，就奪門而逃，務要在瑪特蓮改變主意前趕到圖書館。但想不到盧斯太太，在他走到樓梯底時，突然出現。她身穿法蘭絨浴袍，頭髮亂糟糟的，聲音沙啞：「麥加，你為什麼一直躲着我？我等了你好幾個月，無非想和你談一兩句話而已。你怎能這麼忍心？」

「盧斯太太，請您別這樣子。」他把她推在一旁，直奔出外。瘋婆子。早春芬芳的氣息，隨風吹來，剛才的不快，一掃而空，他鼻子一酸，加快腳步，朝圖書館走去。多年來，他第一次感到如此輕鬆，生命力如此充沛。

圖書館是一間石築的老屋子。借書處裏橫七豎八的盡是書架子（壓得樓板都快要塌了），他走了一遍，除看到那管理員在打着呵欠外，沒有瑪特蓮的影子。兒童閱覽室內已關了燈。參考室內，只見一個中年婦人據着一張長檯，孤零零的在看書。長檯上放着一隻大手提袋。麥加在房內看了一遍，正想離開——忽然，他恍然大悟，這婦人不是瑪特蓮是誰？他轉頭望着她，有點不相信自己的眼睛，心也涼了一截。這就是瑪特蓮

嗎？不錯，「身材肥大」這一點他是猜對了，但面貌不但不「娟好」，而且還戴着眼鏡！再看看她頭上三角巾的顏色，更覺氣憤。原來她所戴的，不是她所說的紅色，而是橙黃色，黃得像死人的臉。呀，真是空前大騙局，大概沒有人像他被騙得這麼慘的了。他本能地想一步就跳出去，但她那靜如泰山的讀書態度引起了他的好奇心（好厲害一個傢伙，明知虎已入門卻能保持得這麼鎮靜）。如果剛才進來時，她稍不安分，左顧右盼的瞧了他一眼，那他一定已逃之夭夭了。但她的眼一直盯在書本上，毫不在意，任由他去留自便。這更氣得他火上加油。誰要這老太婆憐惜？這麼一想，麥加就踏着大步（其實是垂頭喪氣地）向她走去。

「你是瑪特蓮嗎？」他半帶嘲弄的叫她的名字。

她抬起頭來望望他，羞怯而悒鬱的笑了笑說：「你是麥加？」

「正是在下。」他彎下腰，帶點玩世不恭的語氣說。

「瑪特蓮實在是我女兒的名字，我不過借用作筆名而已。我的本名叫奧爾嘉。」

又是瞪着眼說謊話！不過，他還是滿懷希望的問：「是她請你來的？」

她幽幽的笑了笑，說：「不，麥加，我就是那個跟你通信的人。請坐吧。」

他苦着臉坐了下來，殺機頓起，怎樣把她砍成碎片，放在盧斯太太的鐵桶內焚化。

「這兒就快關門了」，她説：「我們到哪兒去呢？」

他目瞪口呆，不能動彈。

「我曉得街角有一家喝啤酒的地方。我們可以到那兒坐一會兒。」

這時他才看到她是穿着灰毛線衣，外套淡褐色大衣。最後，他站了起來。她也隨着站起來跟着他走，攜着手提袋步下石階。

一到街上他就將手提袋接過來，沉甸甸的，好像裏面裝的全是石塊。他跟着她走，拐了個彎，就到了喝啤酒的地方。

酒吧內，櫃檯對面靠牆處是一列昏暗暗的雅座。奧爾嘉選了個最後面的。

「這兒樂得清靜。」她説。

他把手提袋放在檯子上，然後説：「就是有點悶。」

他們面對面的坐下。一想到要陪伴這樣一個女人廝磨一個晚上，他馬上就覺得意氣消沉。也真是天作孽，在狗窩裏悶了幾個月，竟落得如此收場。但如今相較之下，他寧願回去永遠過他那種不見天日的生活。

她脱下大衣，説：「麥加，我年輕時你一定會喜歡我的。我那個時候身材窈窕，頭髮潤澤，追求我的人，不知凡幾。要是你那時候遇到我，你也許不説我性感，但別的男人，確是這樣看我。」

麥加別過頭去。

「我熱愛生命，追求完美，生命力旺盛，在許多方面，我丈夫都趕不上我。他不了解我的性情，因此，他就拋下了我們母子三人而一去不回。」

奧爾嘉見他全沒聽進去，哇的哭了出來。

侍者過來。

「給女士拿杯威士忌，我要啤酒。」

她掏出了兩條手帕，一條用來擦鼻涕，一條擦眼淚。

「你看，麥加，我不是老早說過。」

她這種逆來順受的態度令他極感難過。對的，你警告過我。但自己為什麼笨得這樣子，不聽勸告呢？

她注視着他，眼色憂怨，卻不忘笑意。沒戴眼鏡，就顯得比剛才好看些了。

「你與我想像中的麥加，完全一樣。可是想不到你瘦得這麼厲害，倒嚇我一跳。」

說着，她探手到手提袋去拿了幾包東西。一包包的打開，裏面有麵包、香腸、罐頭青魚、意大利肉腸、乳酪、醬瓜和一條火雞腿。

「有時候我喜歡這種小宴會。來吧，麥加。」

另外一個房東太太。你放麥加出門，不一刻他就給你招來一大堆人家的媽媽。但他還是聽命吃了，很感激她給他一點事做。

侍者拿來啤酒和威士忌。「你們究竟在搞些什麼，野餐麼？」

「我們是作家。」奧爾嘉對他解釋說。

「我想老闆聽了一定高興。」

「別管他。吃罷，麥加。」

他沒精打采地吃着。人要活下去，是不是？他生命中曾有哪個時候覺得如此沮喪過？大概未曾有過。

奧爾嘉啜着威士忌。「多吃點。吃是『自我表現』。」

麥加把意大利肉腸、乳酪、青魚，和半條麵包通通吃光，大大的「自我表現」一番。他越吃胃口越好。奧爾嘉再探手到手袋去，摸出一包鹹牛肉片和一個梨子來。他用麵包夾着牛肉吃，以啤酒送下，其味無窮。

「麥加，小說寫得還順利麼？」

他正想把酒杯放下，與她談談，但還沒放下一半時，已改變了主意，一口把啤酒喝下。

「別提了。」

「繼續寫下去嘛，別洩氣。」

他吃得興起，想把火雞大腿骨也啃下去。

「我告訴你我怎樣做吧。我搖筆桿也搖了二十多年了。但有時也不知為什麼原因，東西老是寫不出來。一遇到這個情形，我就擱下筆來，寫第二個故事。新的故事寫得得心應手時，我就回過頭來，把擱下的故事重寫。這方法通常都行得通。但有時我會在這個時候才察覺到，我原先的故事，原來是一文不值，寫出來也沒有用。如果你寫作的經驗有我這麼長，你一定像我一樣，創造出一

個寫作方法來，以維持寫作的興致和信心。當然，這得有賴於你對人生的看法。但自己如果人生經驗豐富，就知道怎樣着手。」

「我寫的東西亂七八糟，」他嘆氣説：「教人墜入五里霧中。」

「但如果你繼續寫下去，就會摸出路子來。」奧爾嘉説。

他們繼續坐了一會。奧爾嘉把她的童年生活和少女時代的經過，都告訴了他。如果不是麥加顯得的這麼坐立不安，她還會繼續講下去。他在想，這之後又怎樣？何處能擺脱她的猛烈的指責，是他的靈魂嗎？

奧爾嘉把檯上吃剩的東西放回手提袋。

走到街上時，他問她到哪兒去。

「到公共汽車站去吧。我跟我的兒子、他的潑婦，和我的小孫女住在河的那邊。」

他把她的手提袋接過來（現在輕多了），另一隻手拿着紙煙，朝着公共汽車的總站走去。

「我真希望你能與我的女兒認識認識。」

「那為什麼不介紹？」他一面滿懷希望的説，一面奇怪自己為什麼一直不提起，自從奧爾嘉説瑪特蓮是她女兒的名字以後，他就一直記在心上。

「她長髮披肩，曲線玲瓏，性情更是千依百順。你若見了她，一定會愛上她的。」

「説罷，還那麼吞吞吐吐幹嗎？她已經結婚了，是不是？」

「她在二十歲那年，正是女孩子春花怒放的時候，死了。我所寫的故事，差不多全以她做主角。有一天我會把最好的集起來，出個單行本。」

他馬上覺得全身渙散，腳步輕浮。今天晚上，為了瑪特蓮，他不惜從窩裏鑽出來，滿以為，見了她，就可摟着她，互訴衷曲一番。誰料此刻她已化為灰燼，如流星殞逝，遠撒在天邊，只剩下他一人在地上遠遠的憑弔。

到了公共汽車終站，麥加扶送奧爾嘉上了車。

「我們還會再見麼，麥加？」

「最好不了。」他說。

「為什麼？」

「見到面會令我難受。」

「那你會不會繼續寫信呢？我很喜歡看你的信，你知道不知道？我等你的信時，焦急得好像一個初戀的少女一樣，站在門口等郵差來。」

「再說罷，」他邊講邊走下車。

她把他喚到窗口來，說：「別老把寫小說的事掛在心上。多呼吸些新鮮空氣，把身體弄好些吧。你身體好了，寫起東西來自會得心應手。」

他表面不置可否，但心底裏，很可憐她的女兒，可憐整個世界。誰不是人同此心？

「寫文章的人，除才華外，最要緊的是個性。剛才你在圖書

館裏看到我，沒有離去，我就對自己說，這是一個有個性的人。」

「再見。」麥加說。

「再見。快來信呵。」

說完後，她回到座位去，而公共汽車也在這時開出。拐彎時，她從窗口向他揮手。

麥加則朝着相反的方向走。刹那間，他覺得有點不舒服，但他心裏明白此非飢餓所致，因為他今天晚上所吃的，足夠他活一個星期了。麥加，麥加，你吃得像一隻駱駝。

春天的氣息，影響了他的感情和思想。在回家的路上，儘管他竭力壓制自己不要胡思亂想，但房東太太盧斯夫人的影子，卻不時在他腦海中出現。

他想起那位老太婆。是的，他現在要回家去，幫她由頭到腳披上白紗。然後，然後他們就大踏着步走上樓梯——然後，然後他（儼然一位忠實丈夫）一把抱起她，越過門檻，然後他將摟着她胖得連肌肉也要從胸衣爆裂出來的腰身，在他的「書齋」酣然起舞。

雷雲天使

　　裁縫曼尼斯契維茲五十一歲那年，交了霉運，店裏失火，引起了盛液體燃料的鐵桶爆炸，多年的心血和積蓄，就這麼付諸一炬。房子雖保了火險，但兩位主顧在燃料桶爆炸時受了傷，把保險公司賠給他的錢都拿了去。如此一來，自己就弄得一文不名了。禍不單行的是，前途似錦的兒子戰死沙場的消息，也在這時傳來。這還不算，他的女兒竟在這時連招呼也不打一聲，就和一個老粗結婚，從此音訊渺然。店子燒了以後，曼尼斯契維茲只能到別的洗衣店去做燙衣服的工作（事實上這是他唯一能夠做的工作）。但不幸的是，自燒了店以後，他就患上嚴重的背痛，因此每天站着燙衣服也不能超過一小時。他的太太芬妮，是個典型的賢妻良母，為了補助家計，也幫忙做些縫紉和洗燙的工作，因此他眼看着她的健康一天天的壞下去了。她患上氣喘，最後終於病倒。醫生是曼尼斯契維茲的老顧客，現在給他們夫婦倆看病，完全出於善心。曼尼斯契維茲太太的病，醫生起先摸不着頭緒，最後才診斷出是嚴重的動脈硬化症。看完病後，他把曼尼斯契維茲拉到一旁，告訴他好好的照顧她，讓她徹底休養，並低聲跟他說，他太太是沒有多大希望了。

　　經過重重的打擊與折磨，曼尼斯契維茲還能保持相當的鎮靜。他真不相信這些災難，竟會接二連三的降臨在他的頭上。火災，兒子戰死於沙場，女兒不辭而別，老妻病重，自己年老無依——這些不幸的事，好像只能發生在別人身上，一位泛泛之交的朋友或一位遠房的親戚。更令他想不通的，是他素來虔信，因此他現在的境況，不但對他個人來說是荒謬而不公平，而且，更可以說是對上帝的一種侮辱。曼尼斯契維茲相信這全是他的苦難。到他實在受不了時，他便坐在椅子上，閉起那雙深陷的眼睛，禱告說：「上帝啊，我受如此折磨是罪有應得嗎？」後來，他知道抱怨是無用的，就改用謙恭的口吻求援道：「那麼，最少請恢復芬妮的健康吧。至於我自己，我僅希望你減少我背部的痛楚。請現在就幫我這個忙吧，否則就來不及了。我相信我不用講，你也知道的。」說完後，曼尼斯契維茲哭了出來。

　　鋪子燒了後，曼尼斯契維茲搬去住的房子，是城內最蹩腳地區的公寓，只有幾把椅子，一張檯子和床榻。公寓有三個房間：狹窄，牆紙難看的客廳；設備簡陋，擺有個冰箱的廚房；頗大的臥房，芬妮就躺在搖搖欲墮的舊床喘氣。臥房是整層樓內最暖的地方。曼尼斯契維茲向上帝發了脾氣後，就回到房來，就着兩個小燈泡的光，閱讀着猶太文報紙。其實他現在心亂如麻，讀是很難讀得下去的了。不過，這份報紙最少可幫助他養一下眼神。同時，如果他流目所至，能看得到一兩條他願意去看的新聞的話，這最少可以令他暫時忘記眼前的煩惱。可是，過了不久，他竟聚

精滙神地在報紙內搜索着他要看的新聞，雖然他要看的是什麼新聞，他自己也不大清楚。到後來，他才知道，他要苦苦找尋的新聞，原來就是有關自己的新聞，這倒令他有點驚奇了。曼尼斯契維茲放下報紙，抬起頭來，他好像覺得有人進了他的住宅，但奇怪的是，他不記得曾聽到開門的聲音。他遊目四顧，室內寂然，芬妮難得睡得如此安靜。這反而害得他驚慌起來，定神看了她一會，直到看清楚了她並未死去才放心。但房裏是否真的來了位不速之客呢，這麼想着，就踉踉蹌蹌的從臥房奔到客廳，他大吃一驚，原來他看到一個黑人，倚桌而坐，正讀着他剛才摺起報紙。

「你來這裏幹什麼？」他有點慌張的問道。

那黑人放下報紙，抬起頭來，和顏悅色的看着他說：「您好！」他的表情有點失措，好像是走錯了房間的樣子。他骨格魁梧，頭很大，戴着一頂常禮帽，並沒有要脫下來的意思。眼睛顯得有點悒鬱，嘴唇上長了短短的鬍子，看見曼尼斯契維茲，勉強裝出微笑。除此以外，他再沒有什麼特別予人的好感的特徵了。他的襯衣，袖子已破，而所穿的黑西裝，亦有衣不稱身之感。他的腳很大。驚魂稍定後，曼尼斯契維茲猜想到自己一定忘了關門，現在來訪的，必是社會福利處派來的人（有些人晚上才來訪問），因他最近曾向該處請求救濟。於是他便在這位笑容莫測的黑人對面坐下，竭力保持鎮靜。這位前任裁縫，拘拘謹謹，耐着性子，坐在桌子旁邊，等着調查員拿出紙筆來問問題。但不久，他相信那個人根本不想做什麼調查。

「你究竟是誰？」曼尼斯契維茲最後不安的問。

「我叫亞力山大‧雷雲。」

雖然曼尼斯契維茲已夠煩惱的了，聽了他這麼説，臉上不禁悠然生出笑意，客氣地問道：「你姓雷雲？」

「一點也不錯」，那黑人點頭説。

曼尼斯契維茲要把玩笑開大一些，問道：「那麼，你大概是猶太人了？」

「我過去一生一世是一個誠心誠意的猶太人。」

曼尼斯契維茲不禁猶豫起來。他以前也聽過有關黑色猶太人的事，卻從未親自碰到過。這一次的經驗，真是不比尋常。

過後，他把雷雲的話想了一遍，發覺他説話的時態有點奇特，便滿腹疑團問道：「你現在還是不是猶太人呢？」

這個時候，雷雲把帽子脱下，露出了他黑髮中霜白了的部分，但馬上又把帽子戴好。他答道：「我最近超昇成了天使。因此，如果能力所逮的話，我願效微勞。」跟着，他眼睛低垂，抱歉似的説：「我得解釋的是，我現在雖做了天使，但離到正果的階段尚遠。」

「那你究竟是什麼天使？」曼尼斯契維茲嚴肅地問。

「上帝的親善天使，」雷雲答道：「權力有限，限制不少，因此不能與世上同名的任何宗派、團體或組織相比。」

聽了這話後，曼尼斯契維茲感到煩惱不堪。他期望着一些東西，但是絕不是這個。簡直是開玩笑，竟然有雷雲這麼一個

天使。他一生信奉上帝的話語，自小就在猶太教堂中長大，居然會碰到這樣的事。

　　為了考驗雷雲，他問道：「那麼你的翅膀呢？」

　　那黑人滿臉通紅。曼尼斯契維茲一看他的表情，心裏就明白了三分。「在某種情形之下，如果我們要重返人間，不論動機如何，或想救助任何人物，我們都會因此而喪失特權的。」

　　「那你是怎樣進來的呢？」曼尼斯契維茲得意的說。

　　「我有穿牆越壁的能力。」

　　曼尼斯契維茲仍然激動。「你如果真的是個猶太人，請唸唸飯前禱文給我聽聽。」

　　雷雲一板一眼用純正希伯萊文唸了出來。

　　這幾句耳熟能詳的經文，聽得曼尼斯契維茲異常感動，但他還是懷疑自己是在和天使打交道。

　　「如果你真是個天使，請給我證據」，他微帶慍色的說。

　　雷雲以舌潤了潤嘴唇，說：「老實說，我現在還在實習期間，不能表演奇迹。至於這實習期間會延續多久，要到將來看結果如何才知道。」

　　曼尼斯契維茲挖空心思，想方法來迫使雷雲顯露他的真實身分。但對方卻在此時打斷他的思想。

　　「聽說你和尊夫人身體都不大好，需要幫忙？」雷雲說。

　　曼尼斯契維茲覺得這玩笑越開越大了。他的長相像猶太天使麼？我就不相信。

他提出了最後一個問題：「如果上帝要遣天使援救我，為什麼一定要遣黑天使呢：天堂裏很多白天使為什麼不來？」

「剛巧輪到我就是了」，雷雲解釋道。

曼尼斯契維茲仍難置信。「你不過是個騙子而已。」

雷雲慢慢的站起。從他眼色可以看出他既替曼尼斯契維茲擔心，同時又對他的反應感到失望。「曼尼斯契維茲先生」，他平淡的説：「如果以後任何時候你認為我可以幫你忙的話，你可到——」説着，他看了看他的指甲：「你可到哈林區來找我。」

説完後，人就不見了。

次日曼尼斯契維茲的背痛微覺好轉，因此得以把熨衣服時間延長到四小時。第二天，再增至六小時，可是到第三天，又降回至四小時了。芬妮也在第三天坐了起來，問他要些湯水喝。但不幸到第四天時，他的老毛病發作，而芬妮也因體力不支，倒臥在床，面青唇白，辛苦的喘着氣。

舊病復發，而且變本加厲，使曼尼斯契維茲極感失望。他本希望舒適時間增長！令他去想想一些本身困苦以外的事情。但現在，他無時無刻不生活在痛苦中，痛苦已成了他的唯一思慮。因此，他無時無刻不以一種受了委曲的心情向上帝訴冤：我為什麼要受這許許多多苦難？如果為了某種原因要教訓教訓你的僕人一番，譬如說，如果你因我的軟弱、驕傲而懲罰我。或者，我在生意做得春風得意時，忽略了你，你要懲罰我，那麼，

給我一個小小的教訓吧，因為發生在我身上的隨便任何一個悲劇，都足以教訓我了。現在我的骨肉，死的死去，離的離去，謀生之路既斷，自己的身體又不濟事，芬妮的健康，也告絕望，你怎麼要我這個老頭子抵受這些折磨？曼尼斯契維茲是誰？區區一個裁縫而已，絕非什麼了不起的人物。他的苦是白受的。苦難並沒有給他帶來任何珍貴的人生體驗。對他而言，痛苦就是痛苦，不能充飢，不能解渴。晚上痛楚劇增不能入睡時，他好幾次要哭出來。

　　在痛苦時，他很少想到雷雲先生。可是每當痛楚稍減時，他不禁想起他來了。上次把他打發了，究竟是不是不智之舉呢？當然，猶太黑人已難相信，更何況是猶太黑人的天使呢。但如果他真的是上帝派來援助他的呢？那麼他不是名副其實的有眼無珠麼？他越想越覺心裏難受。

　　經過多番猶疑與考慮後，曼尼斯契維茲決定到哈林區去找那位自稱天使的雷雲先生。由於他沒有向雷雲要詳細地址，更加上他的背痛，舉步維艱，所以要想找到他，真是困難重重。他乘地下火車，到一一六街下車，一下車後，就走入了黑暗世界。哈林區地區廣大而燈色昏暗，所以處處只看到影子移動。曼尼斯契維茲策杖而行，心中既無主意，所以只好挨門逐戶從每家商店的玻璃窗櫥望進去。但一無所獲，因為商店的人，個個都是黑的。對他說來，這真是洋洋大觀。走得太累，太洩氣時，他乃在一家裁縫店門前停下。這裏的一切對他都有親切感，所以

看後不覺觸景生情起來。終於他走了進去。裁縫是一黑人，身材瘦削，頭上鬈髮已呈斑白。他盤腿坐在工作檯上，縫着一條破口甚大的晚禮服褲子。

「先生，對不起」，曼尼斯契維茲向他打招呼說，一面心中暗暗佩服這人的手工：「請問你可聽過亞力山大‧雷雲這人的名字？」

這裁縫一面搔着他的頭皮，看來這人不太友善，曼尼斯契維茲心裏想。

「從未聽過。」

「亞力山大‧雷雲」，他加重語氣再說一遍。

那黑人搖搖頭：「沒聽過。」

將要走時，曼尼斯契維茲加問了一句：「他說他是個天使。」

「哦，原來是他」，黑人裁縫格格笑道：「他常在那低級酒吧鬼混。」說着，他用那瘦骨岣嶙的手一指，然後又恢復工作了。

曼尼斯契維茲不理紅燈，橫過馬路，幾乎被一輛計程車撞倒。走到了第三條街，距街角第六家店鋪，是家酒吧，閃爍着貝娜的字樣。他不好意思走進去，就透過霓虹燈照亮的窗口望進去。音樂停後，跳舞的客人紛紛歸座。他就在這時看到了雷雲，靠着酒吧後面的一張檯子坐着。

他一個人坐着，嘴角叼着煙屁股，獨自玩一副髒紙牌。曼尼斯契維茲為他難過，因為他的顏容更加憔悴了。帽子塌了下

去，帽沿還弄得灰灰黑黑的，本來就不稱身的西裝，此時更見襤褸，好像他是一直穿着它睡覺似的。鞋和褲腳都佔滿了泥濘，臉上密密麻麻的長滿鬍子，色澤如甘草皮。曼尼斯契維茲看到他雖然極為失望，但仍打算進去。忽然，雷雲櫃前，出現了一個穿紫色晚禮服胸脯高聳的黑女，咧着嘴，縱聲而笑，並且就在雷雲跟前搖擺起舞。雷雲如入魔障似的定神望着他，但曼尼斯契維茲此時已渾身癱瘓，既不能上前，又不能向雷雲作任何表示。貝娜的屁股扭動得越厲害，雷雲的反應越強烈，最後站起身來。她用勁緊抱着他，而他的雙手，也十指交扣，托着她肥大顫動的屁股。兩人在舞池旋轉起舞時，引得別的顧客掌聲雷動。貝娜抱着雷雲轉動時，幾乎把他整個身體也抱起來，使人覺得他在凌空而舞。他們在曼尼斯契維茲站着窺看的窗口滑過（他吃驚得臉色慘白），雷雲更頑皮的向他霎了霎眼，氣得他馬上打道回府。

　　芬妮死期已近。躺在床上，她乾皺的嘴唇一開一合，夢囈似的訴說着她的童年，婚後的波折和失掉孩子的痛苦。但儘管生活坎坷如此，她卻嚷着要活下去。曼尼斯契維茲本想對她的話充耳不聞，但這實在是不可能的事。不流淚可以，充耳不聞就辦不到了。幸好這時醫生已從樓梯爬了上來，喘着氣。他的塊頭大，人很和藹，禮拜天，連鬍子也沒有刮。看過芬妮後，搖搖頭，告訴曼尼斯契維茲說她頂多還有一兩天可活。話說過

後，匆匆就走了，因他實在不忍看到曼尼斯契維茲百上加斤的痛苦神情。曼尼斯契維茲，真是痛苦的象徵。改天我得把他安置到養老院去。

曼尼斯契維茲到猶太教堂去禱告，但上帝沒有理他。思前想後，頓覺生趣全失。芬妮一去世，他活着還有什麼意義？刹那間，他頓萌死念，雖然他知道自己實在不會這樣做。但這也是值得考慮的事。你有時間考慮，就有時間活着。埋怨上帝，於事無補。鐵石怎會通人性？他槌胸痛哭，深悔當初信了上帝。

當天下午他在椅子上睡着了，夢見雷雲，夢見他在一面鏡子前，修飾着他雙翼上細小發亮的羽毛。醒來時，他自忖道：「說不定他真的是個天使。」他請了鄰居一位太太來照顧芬妮，每隔一段時間給她喝一口水，自己就穿上風衣，拿了手杖，換了零錢，乘地下火車到哈林區去。這是他傷心之餘，百無聊賴情況下的最後一個希望。要不是百無聊賴，怎會去請黑法師作法替他太太治病？人在無可奈何時，只有聽天由命了。

他蹣跚去到貝娜酒吧，可是地方卻易手了。現在是猶太教堂。靠他面前有好幾排木櫈，後面就是粗木製成的諾亞方舟，拱形的門上掛着一串串的金屬圓板。門下是一長檯，放着聖經卷軸。高處垂下來一個燈泡，燈光暗淡。四個戴着便帽的黑人，動也不動的圍着長檯而坐。他們都用手按着那神檯上的卷軸，口中唸唸有詞。曼尼斯契維茲透過玻璃板望進去，也聽到

他們背誦經文的聲音。他們四人，一個是年紀老的，鬚髮已白，一個長了金魚突眼，一個駝背，第四個則是個十三四歲左右的小孩子。他們一邊唸，一邊非常有節奏地搖頭晃腦。這教堂內的裝備和這幾個人背誦的經文，都是他童年和少年時熟習的景象，因此看來特別親切。他走了進去，靜靜的站在後面。

「Neshoma」，金魚眼以粗如香蕉的手指指着這個字説：「什麼意思？」

「靈魂。」那個十三四歲戴着眼鏡的小孩子説。

「我們看看這個字的註解」，老頭子説。

「不用看了」，駝背的説：「靈魂是無形的物體，如此而已。靈魂，無中生有之物而已。無形出於有形，而有形又出於靈魂，如此互為因果不已。靈魂因此至尚。」

「至高至上。」

「無以上之。」

「等一下」，金魚眼説：「我看不出無形之物是什麼名堂，而有形之物與無形之物又怎麼扯在一起。」他話是對駝子説的。

「這還不易懂。無形與無質，相依相附，唇齒相關。」

「唇齒怎樣相關？」老年人説。

「你只是改換字眼罷了。」

「這就是『原動力』，無形之形，世間萬物，皆從此來，包括你和我。」

「唉，直截道來罷，別説得玄之又玄了。」

「這就是聖經上所講的精靈之氣。精靈之氣，浮於水面。人就從此生出來。」

「且慢，且慢，我先問問你，精靈之氣怎會有形？」

「因為是上帝做的。」

「聖哉！聖哉！稱頌上帝的聖名。」

「這種精靈之氣究竟有無顏色或形狀呢？」金魚眼板着臉問道。

「精靈就是精靈，當然沒有顏色和形狀，那還用問。」

「那我們為什麼生來就是黑的呢？」他得意的問道。

「那與精靈之為物，毫無關係。」

「我就想知道。」

「上帝賦精靈予天地萬物」，那孩子説：「祂給精靈予綠葉黃花。但在做魚時，除精靈外，還加了金色，做天空時，加了藍色。」

「阿們。」

「高聲稱頌上帝與上帝之聖名。」

「讓我們鳴號歌頌。」

這以後，全室寂然。他們大概忙着找下一個字。曼尼斯契維茲乃走上前去招呼他們。

「請恕我打擾」，他説：「我想找一位叫亞力山大‧雷雲的人，請問各位可曾聽過他的名字？」

「就是自稱天使的那個」，孩子説。

「哼，原來是他」，金魚眼輕蔑的説。

「你在貝娜酒吧定可找到他，喏，就在對街。」

曼尼斯契維茲謝過了他們後，就一瘸一瘸的穿過了街道。夜已深，而燈光昏暗，好容易才找到了那地方。

貝娜酒吧裏傳來陣陣爵士音樂。從玻璃窗看進去，曼尼斯契維茲在跳舞的人群中認出雷震。雷雲坐在貝娜的檯旁，咧着嘴笑。他們面前放着一個威士忌酒瓶，看樣子，已喝得差不多了。雷雲已換了舊衣服，現在穿的是一套格子西裝，灰色常禮帽，口啣雪茄。鞋子也換了新的。尤令曼尼斯契維茲吃驚的，是他本來莊嚴的臉上，現在顯得醉醺醺的。他向貝娜那邊靠過身去，一面搔她耳垂，一面在她耳邊不知說了什麼話，令她笑得東歪西倒。她也用手捏他的大腿。

曼尼斯契維茲深深的吸了口氣，開門進去。他馬上發覺他們不歡迎他來。

「喂，閒人免進。」

「快滾出去，白臉佬。」

「猶太佬，你還是乖乖的滾罷。」

但他不顧一切的向雷雲那邊走來。看到他一拐一拐的跛着腳走，那群人就讓開了路。

「雷雲先生」，他聲音顫抖的叫道：「我來了。」

「你有話就說罷」，雷雲醉眼昏花的說。

曼尼斯契維茲抖了一下。背痛加劇，雙腿也冷得發軟。他四面一看，每個人都注視着他。

「對不起，我想在一個方便講話的地方跟你談？」

「你講呀，我這人是最予人方便的了。」

貝娜轟然大笑起來，笑得非常刺耳，說道：「不要再說了，不要再說了，我實在受不了。」

曼尼斯契維茲感到無地自容，正想離開時，雷雲就對他說：「你還不給我老實講你來找我的目的？」

曼尼斯契維茲以舌舐了舐嘴唇說：「我現在知道你是猶太人了。」

雷雲氣得鼻孔都漲了起來，跟着站起來說：「你沒有別的話要說嗎？」

曼尼斯契維茲舌頭像生了根似的，半句話也說不出來。

「你有話就說無話就走。」

曼尼斯契維茲淚流滿頰，大概沒有人像他這樣子受過這麼多的折磨吧？他怎能說這個醉醺醺的黑人就是天使呢？

大家都沒話講，沉默得令人發慌。

年輕時的經驗，一幕又一幕的在腦中重演……信者得永生，信者得永生，信呢還是不信呢？信罷，不，決不，我看還是信罷……唉，總得有個抉擇呵。

「我相信你是上帝派來的天使，」他哭着說，一邊暗對自己說，話一出口，就收不回來了，既然你相信，你就說出來，既然相信了，就得相信下去。

沉默已破，各人開始恢復談話，音樂已起，舞池上又擠了人。貝娜不耐煩起來，拿起紙牌，自己在玩。

雷雲痛哭失聲，說道：「你真令我羞得無地自容。」

曼尼斯契維茲忙道歉不迭。

「請你稍候，我一會就出來，」說着，他跑到洗手間去換上舊衣服。

他們離開時，誰也沒有跟他們招呼一下。

他們乘地下火車回去公寓。上樓梯時，曼尼斯契維茲用手杖向着他的家門一指。

「用不着了，我事已辦好，」雷雲說：「你現在快進去吧，我得走了。」

這麼快就辦好了？曼尼斯契維茲微覺失望。為了好奇心所驅使，他跟着雷雲走了三層樓梯，直至屋頂。但通往屋頂的門已上了鎖。

幸好門上有一小窗口，可看到屋頂的一切。此時他聽到一種奇怪的聲音，好像鳥類振翼而飛的聲音。睜開眼睛再看清楚時，一點不錯，他確是看到了一個黑色的人體，展開一雙龐大而黑色的翅膀飛去。

一根羽毛飄了下來，變成白色，曼尼斯契維茲驚奇得目張口呆。但實際上，那不過是雪花而已。

他連忙趕着下樓。一進門，看見芬妮舞動着掃帚在床下清除塵埃和牆上的蜘蛛網。

「芬妮，真是奇妙，不由你不信，我們猶太人，無所不在。」曼尼斯契維茲說。

大發慈悲

　　人口調查局職員戴維陀夫連門也不敲就推門進房，疲憊地坐了下來，掏出記事冊，準備開始工作。前咖啡商羅山叉着腿，一動也不動的坐在吊床上，形容消瘦，兩眼失神。他的房子佈置簡陋：一張吊床、一張疊椅、一張小桌、幾隻沒有漆上油漆的舊衣箱(他哪裏用得着壁櫥？)和一個水槽，水槽上的肥皂盒裏放着一塊綠色的樣品肥皂，其氣味瀰漫四周。房間很暗，只有一盞電燈，但很乾淨，很冷。令戴維陀夫感到奇怪的是，羅山竟把房內唯一的一扇窄小的窗口也用一幅破舊的窗簾遮着。

　　「你幹嗎不把簾子拉起來？」他問。

　　隔了好久，羅山才嘆了口氣說：「由它這樣子罷。」

　　「外面陽光這麼好，你為什麼要把光線擋着？」

　　「誰希罕光線不光線。」

　　「那你要什麼？」

　　「總之我不要光線進來就是，」羅山答道。

　　戴維陀夫繃着臉，翻着他寫得密密麻麻的記事冊，要找一頁乾淨的來做筆記。他拿出鋼筆來寫，但墨水乾了，只得又從內衣口袋掏出半截鉛筆來，用半截刀片來削着鉛心。鉛筆屑掉落

到地板上，但羅山連瞧也懶得瞧。他坐立不安，好像在傾耳偷聽着什麼似的。但戴維陀夫實在看不出他有什麼可聽的。現在，他再耐不住性子了，乃大聲把問題複述了幾遍。這樣羅山才醒過來，告訴了他自己的身分。他幾乎連地址也說出來，但及時制止了自己，聳了聳肩。

戴維陀夫沒有理會他這一動作表示些什麼，只點了點頭，說：「開始吧。」

「從何說起？」羅山凝視着那黑色的窗簾說：「唉，真是叫我從何說起？」

「我們先別談哲學，」戴維陀夫說：「就從你怎樣認識她開始吧。」

「誰？」羅山裝着懵然不知問道。

「她，還有誰，」他狼狼的回答道。

「你既然知道她了，還用得我說甚麼？」羅山得意的說。

「你以前提過她呵，」戴維陀夫有氣無力的說。

羅山記起來了。他記起他初到此地時，他們確曾問過他，而他也確曾滑口說出了她的名字。或者是空氣裏有點什麼東西作怪吧，使你一來這裏渾忘一切。這大概是治療精神痛苦方法的一種了。

「我在哪裏遇見她的？」羅山喃喃自語：「除了她店子後面那間小黑房裏還有別的地方？我真不該在那裏浪費那麼多的時間。我和他們每月的交易不過咖啡半包。這怎算是生意？」

「我對生意不感興趣。」

「那你對什麼才感興趣？」羅山學着他的語氣問。

戴維陀夫僵着，不說話。

羅生知道自己的命運是掌握在人家的手上，故不得不繼續說：「她丈夫叫艾索・凱力殊，四十歲左右的年紀，是波蘭來的難民。他剛到美國時，工作賣力得像條瘋牛。積了兩三千塊錢後，就買了這間雜貨店。但在這鬼地方，他生意怎會做得成？他找到我公司來，要求掛賬，並叫我到他店裏看看。我給公司推薦了他，因為我實在覺得他可憐。他太太伊娃，你是聽到過的了。另外還有兩個女兒，活潑可愛，一名費嘉，五歲，一名蘇娜麗，三歲。我不忍看這兩個女孩子受苦，因此我一見他時就斬釘截鐵的跟他說：『老弟，你們打錯算盤了，這兒是墳墓，你如不快走就給埋葬在這裏了。』」

說到這裏，羅山唉聲嘆氣起來。

「那以後呢？」戴維陀夫問。羅山剛才所說的話，他一個字也沒有記下，令羅山之為氣結。

「以後？還有什麼以後。他沒聽我話。兩個月以後，他想脫手，但無人問津，所以他只得耽下去，捱下去。開支既賺不回來，經濟就越來越窘了，餓得真是臉有菜色，目不忍睹。『別這麼傻瓜了，』我告訴他說：『快些宣布破產吧。』但一來他捨不得血本無歸，二來恐怕找不到工作。『唉，老天爺，你真是的，』我說：『隨便你做什麼都好，給人刷油漆、看門，或販賣廢物都可以，總之越快離開這兒越好，免得人人餓死。』」

「這回他總算聽了我的話。可惜的是，店子還未拍賣，他已一命嗚呼。」

戴維陀夫把這一點記了下來，問道：「他怎樣死去？」

「我又不是專家，」羅山答道：「你當然知道得比我清楚。」

「他怎樣死去的，」戴維陀夫不耐煩的說：「簡單的說一下。」

「他死了就死了，有什麼好說。」

「請你答覆我的問題，好不好？」

「宿疾突發，那就是了。」

「什麼宿疾？」

「他生什麼病就什麼宿疾。他臨死向我訴苦，說他這一輩子所過的生活怎樣怎樣辛酸，但正要抓着我的衣袖要對我說些什麼時，突然臉色發白，倒了下去，死了。跟着就是妻號兒啼，慘不忍睹。我自己的身體也很壞，看到他倒下地板後，我對自己說：『羅山，他完了，向他告別吧。』跟着我就向他告了辭。」

羅山從吊床站了起來，落寞地在房內走來走去，但一直就躲着不站到窗口前面。房內只有一張椅子，已為戴維陀夫佔據，所以最後只得賭氣的重坐到床沿上。他想抽煙，但又不肯向戴維陀夫討。

戴維陀夫讓他歇一會，沒問他話，但過了不久後就不耐煩的翻閱着記事簿。羅山還是不開口，好像故意要氣他的樣子。

「後來呢？」戴維陀夫最後忍不住問。

他嘴裏好像含着一把泥沙似的説：「葬禮以後，」他停了一
會，用舌頭舐了舐嘴唇繼續説：「他生前加入了一個什麼會的，
這個會負責葬了他。此外，他也留下了一千元的保險。喪事辦
完後，我就對他老婆説：『伊娃，你聽我講，拿這一千塊錢，帶
着孩子們快遠走高飛吧。由債主來處理這家鋪子，他們佔不到
什麼便宜的。』

「但她卻對我説：『帶着這兩個孩子，我跑到哪裏去呢？』

「『去找你親戚，』我説：『總之，哪裏都可以。』

「她大笑起來，笑得非常可怕。『我的親戚？全給希特勒拉走
了。』

「『那麼艾索呢？他總歸有個叔伯之類的親戚吧？』

「『一個也沒有，』她説：『艾索生前既要留在這裏，那我就
留在這裏。那一千塊錢的保險費，我用來添置存貨，把鋪子重
新整頓一番，譬如説，每星期我將櫥窗裝飾一下，這樣子，慢慢
就會招來新顧客了。』

「『伊娃，聽我——』

「『我並不想發財，我只想賺夠兩飯一宿，好好的照顧兩個
孩子。我們可以像從前一樣住在鋪子的後面，這樣我可以一面
工作，一面看着她們。』

「『伊娃，』我説，『你才三十八歲，又長得漂亮，別把自己
毀在這裏，而且，請原諒我不客氣的説，別把你丈夫留下來的一
千塊錢丟在毛坑內。請相信我的話，我知道開這種商店是怎麼

回事。我混了三十五年，難道還要看見棺材才相信有死人麼？快離開這兒去另謀出路。你還年輕，説不定很快就會碰到你喜歡的人。』

「『不，羅山，』她説：『我不會的，我的婚姻是完蛋了，誰會要一個帶着兩個孩子的窮寡婦？』

「『我就不相信這個。』

「『我可看得清清楚楚。』

「我這輩子從未看過一張比她更憤世嫉俗的臉。

「『真的，羅山，真的，我這輩子除受苦受難外，從未得過什麼。我想大概也不會有好轉的了，這是命中註定吧。』

「我對她説沒有這回事而她卻説有。你説我怎麼辦？我是個只剩下一個腎的人，而且還有比這個更糟的，唉，不説罷也，總之，我説她不聽，所以我就沒有再説下去了。跟寡婦講話，實在是有理説不清的。」

説完後，便抬頭看了戴維陀夫一眼，他沒答他的話，只問道「後來又怎樣？」

「後來又怎樣？」他帶着點嘲弄的語氣道：「後來就是那樣了。」

戴維陀夫氣得臉都漲紅起來。

「後來還用得着説麼，」羅山趕着補充説：「她以現款向批發商買來了各式各樣的貨物，整整忙了一星期來開箱子，拆包裹，擦地板，把店內打掃得乾乾淨淨。櫥窗內她還用皺紙裝飾一

番，弄得煥然一新──但有什麼用？除了附近住宅區內幾個窮顧
客，誰會來這裏光顧？就算他們來了又有什麼用？這些人到這兒
來，只不過是因為超級市場已關了門，所以才到此補購一些日間
忘記買的零星東西，如一兩瓶牛奶，幾毛錢乳酪，或一罐沙丁魚
等等。不消説，幾個月後，存貨賣不出去，而那一千塊錢也煙
消雲散了。更糟的是，除了我的公司外，別的公司不肯讓她賒
賬了。我的公司為什麼肯讓她賒賬呢？我掏腰包來貼她而已。
這一點，她當然不知道，她還是像往常一樣，穿得整整齊齊的，
辛勤工作，等候轉機。後來，存貨確是一點兒一點兒的見少
了，但利錢在哪裏呢？吃光了。但孩子可沒吃飽，這一點，她
沒告訴我，但我一看就看得出來，因為她們饑容滿面。架子上
本來還有些食物未賣出去，但她卻不肯自用。一天晚上，我帶
了一塊上好的牛排去看她，但從她眼色看，她並不喜歡我這樣
做。你教我怎麼辦？見死不救麼？」

說到這裏，羅山哭了出來。

戴維陀夫裝着沒有看見，但卻禁不住偷看了他一眼。

羅山擤了擤子，較為鎮定些説：「孩子們睡了後，我們就在
鋪子後面昏暗的地方坐了下來。坐了四個鐘頭，卻看不到一個
顧客進來。『伊娃，我求求你，離開這個地方吧。』

「『我無處可去呀。』

「『我給你安置地方去就是，請不要拒絕我。你知道，我是
單身漢。豐衣足食，而且有餘。因此，讓我幫幫你和孩子們

罷。錢我一點不感興趣，我想要的是健康，但健康買不來。這樣吧，把店交給債主去處理，你和孩子們搬到我家，我的房子可住兩家人，樓上一層現在空着。我不收你租金。你搬進來後，就到外邊去找工作。孩子們我會貼錢請樓下的一位太太替你看管，直到你放工回來。這樣子，你賺的薪水就可作生活費，還可以存一點錢做衣服，甚至還可以有餘錢剩下來，以備將來有朝一日你結婚之用，你說怎樣？』

「她沒回答我，只是瞪着眼望我，使我驟感自己渺小而醜陋。與她認識以來，我第一次警告自己說：『羅山，她不喜歡你呢。』

「『羅山先生，我非常感激你的好意，』她說：『但我們還用不着別人救濟。說好說壞，我仍有生意可做。現在大家境況不好，所以生意不好，到境況好時，我的生意也會跟着好轉的。』

「『誰說我是來救濟你啦？』我大喊出來：『我是以你丈夫朋友的身分來說話的呵。』

「『羅山先生，我丈夫可沒有朋友。』

「『你難道看不出我只不過是想幫幫孩子們的忙而已？』

「『他們有媽媽照顧。』

「『伊娃，你究竟怎樣啦？』我說：『為什麼你老把我好意看成惡意？』

「她沒有答話。這次令我難過得胃都脹起來，頭又痛，所以也跟着告辭了。

「我一夜沒好睡，輾轉反側時，突然了解到她為什麼擔心的原因。她所擔心的，大概是怕我對她有什麼企圖。她看錯人了。不過，這倒令我想出一個以前從未想到的主意來：向她求婚。她沒有什麼吃虧的地方吧，那兩個女孩也因此有了爸爸，帶她們去電影，給她們買玩具，而且我一旦死去，她們就可承受我的生意和保險費。

「第二天我就把這個意思跟她講。

「『伊娃，聽我説，我自己一無所求，真的一無所求。我一切都是為你和你的孩子設想。我健康不好，伊娃，而且，老實説，我是個病人。我告訴你這些無非是想你知道我活不久了。但即使我頂多能活幾年，我也想稍嚐一下家庭的溫暖。』

「她背對着我，沒講話。

「到她轉過身來時，只見她臉白如紙，但話卻是説得硬繃繃的。

「『羅山先生，不成。』

「『不成？你説理由我聽聽好麼？』

「『這輩子我和病人廝混夠了，』她哭着説：『羅山先生，請你回家去吧。』

「我沒氣力與她爭辯了，只好回家。但她講的話，令我傷心極了，整日整夜我為此難過不已。背痛復發，想來與少了一個腎和抽煙過多有關。這個女人真難了解。兩個孩子都快餓死了，自己好心的想去幫她一個忙，而她卻一口拒絕。我究竟做了什麼對不起她的事情？她對我討厭得好像我是個殺人犯似的。

其實我看了她們母女的處境，心中實在不忍，但我硬是無法使她相信我。

「我最後還是走了回去，求她讓我幫幫她的忙，但她的態度，決絕如昔。

「『伊娃，』我說：我不怪你不想再與病人一起生活。既然這樣，我帶你到婚姻介紹所去，由他們替你找一個身體健康，孔武有力而又能供養得起你和孩子的丈夫。我替你辦嫁妝。』

「她大叫大喊道：『羅山，我才不希罕你的幫忙！』

「我沒再說下去了。我還能講些什麼？由早至晚，她像一條牛一樣的無休無止的工作，擦地板，用肥皂和擦子把架子和剩下的幾罐貨物擦得乾乾淨淨，但生意一樣冷冷清清。我真怕見到那兩個小女孩，她們無精打彩，簡直瘦得僅剩皮包骨了。蘇娜麗整天牽着姊姊費嘉的衣服走。有一次，我在街上碰到她倆，就給了她們一些糕餅吃。但第二天我想瞞着伊娃再給她們另一些食物時，嘉麗就說：『我們不能拿呢，媽媽說今天是齋日。』

「我乃跑進去，柔着聲說：『伊娃，我跪着求求你，在這世界上，我是個一無所有的人，因此我求你在我死前給我一點小小的滿足吧。就讓我幫你店子再添一次存貨吧，好不好？』

「你猜她聽了後的反應怎樣？她大哭大鬧，可怕極了。你猜她大鬧一頓後對我怎麼說？她叫我滾蛋，並且永遠不要回去。我當時真想抓起一把椅子打破她的腦袋。

「回家後，我手腳發軟，飲食難進。兩日兩夜，除了吃了一兩口雞湯麵或一兩杯沒有放糖的茶外，我什麼食物也沒碰過。這對我身體當然不好。

「後來我又想出一個新主意。我冒稱是艾索的朋友，住在澤西。十五年前，他還是單身漢時，我跟他借了七百塊。現在我想把這筆借款還給他的夫人，可是無能力一次歸還，只能每週付她二十元，至全部欠款清償為止。這樣決定後，我乃在信內夾了兩張十元鈔票，託一位做推銷員的朋友，請他在紐華克城內付郵，使她不會懷疑是我幹的。」

說也奇怪，戴維陀夫到此再沒有寫下去了。原來記事冊已寫滿，他乃順手一扔扔在桌上，張口打着呵欠。他對此事的好奇心已失，但他裝着洗耳恭聽的樣子。

羅山站了起來，翻看着檯上的記事冊。字體寫得既潦草，又細小得密密麻麻的，他一個字也認不出來。

「這既不是英文，又不是猶太語，」他説：「難道是希伯來文不成？」

「都不是，」戴維陀夫説：「這是一種久已失傳的古老文字。」

「真的？」羅山説，又回到床邊。既然戴維陀夫不做紀錄了，那又何必説下去？但另一方面，他卻覺得非説下去不可。

「所有的信都退了回來，」他沒精打彩的説：「第一封信她拆開後，用漿糊又封了口。其他的信她連看都沒有看，原封退回。」

「『你真是碰上了邪，』我自己對自己說：『你碰上了一個連一點樂善好施的機會都不給你的怪人。但我偏要把我所有的東西給她。』

「於是，我去見我的律師，預定遺囑，訂明我所有一切——投資股份、兩所房子、家具、汽車、銀行存款——都贈給她。她死後，由她兩個女兒承繼。除此之外，她們更是我人壽保險的受益人。簽了名後，我就回家，開了廚房火爐的煤氣，就把頭塞了進去。

「看她這次還會不會拒絕我。」

戴維陀夫一面用手抓着他長滿了鬍梗的雙頰，一面點着頭。這一節的經過，他早已知悉了。他站了起來，在羅山還來不及發聲制止前，拉起了窗簾。

窗外天色朦朧。一個女人就站在那裏。

羅山從床上一躍而起。

站在窗外的正是伊娃，以出神的和乞憐似的眼睛，幽幽的望着他，向他伸開了雙臂。

羅山怒無可遏，握着拳頭，喝喊着對她說：

「你這臭裱子還不給我快滾！還不趕快回家看管你的孩子去！」

說完後，他使勁一拉，把窗簾扯下。戴維陀夫並沒有上前阻止他。

湖濱女郎

　　亨利・雷溫在美施公司書籍部任職售貨員時，襟前常插着一朵白花。最近他承受了一筆小小的遺產，乃把工作辭掉，出國旅行，尋幽搜秘去了。他行年三十，正是少壯有為之時。他到了巴黎，至於他為什麼要到這兒來，他自己也説不出特別的原因。總之他對過去的生活和約束感到非常厭倦。在酒店的名冊上他用了真名登記，但與人應酬時，他卻自稱為亨利・費利曼。費利曼在盧森堡花園附近一狹窄的、路旁豎着煤桿的街道上，找到了一家小旅館，盤桓了些日子。起初，他感這城市樣樣新鮮得可愛，而人在不尋常的環境下，就會碰到不尋常的遭遇。他就喜歡這種不尋常的多彩多姿的生活。但並沒有什麼不尋常的事發生，而他亦沒有碰到什麼不尋常的人物。(從前他很會風流自賞，以為女人看了他都會着迷。)這地方越來越熱，遊客必隨着增多，因此他決定離開。他買了赴米蘭的特別車票，但一過第戎站，他已經心煩意亂起來。好幾次，他情緒壞極了，真想跳下火車。但理智終克服情緒，乃繼續向前。不過，他還是沒有到米蘭去，因車子靠近史特莉莎站時，費利曼僅向馬奏列湖匆匆一瞥，就為其景色迷住了。他原是個從小就愛山樂

水的人，看了這些景色，就連忙把手提箱從網架取下，匆匆下車。而一下車後，情緒就好轉過來。

　　一個鐘頭後，費利曼就在離史特莉莎海岸一帶旅館不遠的一間別墅公寓住下。房東太太是一位愛說話的女人，喋喋不休地向他訴苦，說今年六七月的天氣，怪得又冷又濕，生意大遭其殃，因此許多客人都取消了訂房，美國遊客更少。費利曼一點也不在乎，反正他不是趁熱鬧來的。他住的房間窗戶是法國式的，空氣流通，床也極柔軟舒服。浴室僅有浴缸而無蓮蓬，他雖然一向慣於淋浴，但一想這算是不尋常的經驗的一種，也就樂得換換口味了。他很喜歡那靠窗的陽臺，常在這兒看書或溫習意文，偶爾抬起頭來看看湖水顏色，時而淺藍、時而深綠、時而金黃、時而隱沒於遠山之中。他對隔岸柏蘭沙城紅瓦蓋成的房子，亦極欣賞。但最令他讚嘆不絕的，卻是立於水中那四個美麗小島，面積雖少，卻見華房美宅林立，不盡庭園草木之勝。院子內，各種雕像隱隱可見。看了這些小島，引起了費利曼感慨萬千。在他看來，每一個小島代表着一個新世界（人生哪得幾回見？）而每一新世界，代表一種期待。期待些什麼？連他自己也搞不清楚。當然，他一直渴望得到三種一般人連想也不敢想的東西，那就是愛情、自由和刺激性的生活。他自己沒有得到，而世界上能三者兼備的人也不多見吧。愛情、自由、刺激生活 —— 這些句子讀起來都有點兒滑稽。但有時當他望着眼前這些島嶼的時候，只要你輕推他一下，他會快樂得想哭出聲來。呀，連名字也美得可以：貝娜

島、柏絲嘉多莉島、瑪德莉島，和唐哥島。「行萬里路，讀萬卷書」，真的不錯，他想。誰聽説過有人看到福利島動起感情來？

　　但這四個小島中，有兩個他親歷其境後，發覺完全與想像的不符。費利曼隨着一大堆國籍不同(以説德文的為最多)的「過期」遊客，離開汽船，踏上貝娜島，馬上就受到一班專向遊客打主意的小販包圍。而且，他到這時才知道，要遊貝娜島，一定得跟隨着嚮導走，自己一個人去亂闖是不行的。島上有一淡紅宮殿式的屋子，裏面堆滿各式各樣的廢物，四邊圍着假花園和以貝殼築成的洞穴。另外就是一些索然無味的雕像。柏絲嘉多莉島較為純樸些，屋子古舊，繞着彎彎曲曲的街道建成。此地漁民愛把魚魴吊在樹上，而漁網則掛在附近的木樁子上曬乾。但這裏也一樣的擠滿了拿着相機滿街跑的遊客，而這兒的居民為了做生意，也得如貝娜島的人一樣，拼命的投其所好。但他們賣給你的東西，你在美施公司的地下室也可以買到，而且更價廉物美。自此以後，費利曼乃死了心，安分的守在公寓內。這些小島，遠看真是迷人，近看就一無可取了。他把這感覺老實的告訴了房東太太，她就極力慫恿他到唐哥島去一遊。「保證比你所看過的兩個更富天然景色，」她勸説道：「尤其是裏面的花園，更是不比尋常。在唐哥島的建築內，你還可看到不少歷史陳迹和該地的名人古墓，其中有一位是已列聖品的紅衣主教。連拿破崙當年也曾睡過那兒呢！法國人很喜歡這個地方，他們的作家看到這裏的景緻每每感動得流出淚來。」

　　但費利曼一點兒也不感興趣。「我又不是沒見過花園,」他自言自語的說。到實在耐不住時,便跑出來在史特莉莎那一帶街道蹓躂,看球戲,盡量避免看商店窗櫥。這樣漫無目標的閒蕩,最後總蕩到湖邊來,在一小公園內找到一張板凳坐下去,一邊看日落,一邊幻想着緊張刺激的生活。除了偶爾與過路的行人胡扯一陣外(差不多所有的意大利人都會說一兩句洋涇濱英語),他可以說是離群索居了。每逢週末,這個小城可熱鬧了,從米蘭附近來的公共汽車,滿載遊客。白天他們忙着吃野餐,一到晚上就有人從車內取出手風琴演奏意大利民歌,有輕快的拿不勒斯小調,也有哀怨的威尼斯情歌。跟着少男少女就站起來,在廣場上相擁起舞。這些活動,費利曼只有看看的份。

　　一天傍晚時分,湖面水平如鏡,引起他的遊興,他就雇了一條划艇,因無別的地方可去,乃決定往唐哥島一行。其實,他並無意要往那裏去,只不過打算把艇划到那裏,瞧一瞧,轉頭就走,還了心願。但才划三分之二路,湖面起了風,浪花湧起,打到艇來,他不覺寒了心。風很和暖,但他心頭一樣驚怕,掉下水裏可不是玩的。費利曼住的地方,雖然離紐約的中央公園很近,但一直對划船無興趣,是二十歲後才學的,因此船划得很不好。說到游泳,他更不在行,是屬於一看到了水就四肢無力,游一步、喝一口水的那類人物。好幾次,他真想掉頭回到史特莉莎去(現在離唐哥島最少還有半哩,來回一共就是一哩半了),但隨後就罵自己不夠種。再說,他租了這划艇一個鐘頭,

即使冒點險，也划下去吧。幸好波浪不大，而他也慢慢的體會到「乘風破浪」的方法，因此，技術雖然不好，倒也划得蠻有分寸，這真是意想不到的事。除得風力之助外，更令他安心的是陽光充足，西邊晚霞，仍是一片豔紅。

費利曼終於划近了唐哥島。像貝娜島一樣，此島的上面是一宮殿式的建築物，從梯形地走下來便是花園，用籬笆間着，裏面豎着不少雕像。這一回，房東太太倒説對了，唐哥島確比他看過的其他島嶼像樣些，最少有花香鳥語之勝。此時濃霧下降，籠罩全島，加上天色漸暗，景物不可細睹，但費利曼仍在這一瞬間，重看到當天在火車上初見這一撮小島時那種震撼心弦的美。而同時在這一刹那間，他為自己虛度了的半生而悲傷，為那些未能抓到的一縱即逝的機會而悲傷。正想得入神時，花園內靠湖邊的一角忽有動靜。起初，他下意識地以為一定是園中一座石像「活動」起來了，後來看清了，才發覺原來是一個女人靠着湖邊一堵石牆站着，眺望着湖心。在這種天色下，他當然看不出她的面貌，只猜到她年紀一定很輕。她穿着白衣服，裙腳在微風中飄揚。她大概在等情人吧？他此刻真正想上前和她打話，只可惜風勢越來越猛，浪花擊着划艇，使船身顛簸不定。費利曼撥槳掉了頭，急忙趕路去。風夾着雨水，淋得他渾身遍濕，船在惡浪中漂蕩，弄得回程驚險百出。這時候，他幻象頻生，看到自己船翻墮海的情形，看到自己在沒頂前拼命向上抓的痛苦情形。雖然心中此時沉重得有如一塊哽嘴的大鐵餅，但他

搖櫓的手，卻一點兒沒放鬆過。而且，慢慢地，他的恐懼心也
克服過來了，風和浪也不復如前險惡。此時，天色僅餘半分
白，湖水已呈漆黑，他邊划邊回頭，依賴史特莉莎岸上微弱的燈
光做方向。靠岸時，天降大雨。費利曼把划艇拖上沙灘後，馬
上跑到一家華貴的酒店去大吃大喝一頓，以慶祝這次劫後餘生。

　　第二天早上，費利曼被風吹得霍霍作響的窗帘所驚醒。醒
來陽光滿室。梳洗後，吃過早餐，就走去理髮。理過髮後，穿
上游泳褲，外面再穿長褲，然後溜到愛室息我酒店外的沙灘上，
匆匆的泡了一會兒水，精神為之一振。下午他在露臺上溫習意
文，倦了就在那兒打瞌睡。到四時三十分，費利曼才決定出去
走走，乃踏上汽船，隨着其他遊客作一小時的環島觀光。在瑪
德利島稍事停留後，汽船就朝唐哥島駛去，但所取的路徑，與他
昨夜所走的路子剛好相反。船快靠岸時，費利曼看到一個瘦瘦
高高的男孩子，穿着游泳褲，臥在一個筏子上曬太陽。他不知
道這孩子是誰。汽船終在唐哥島南邊的碼頭泊岸，一上岸，費
利曼真是又吃驚，又失望，原來這兒滿街滿巷擺着的無非又是那
種專打遊客腰包主意的玩意而已。更令他叫苦連天的是，他在
島上觀光的路程和節目，處處受制於嚮導，自己想稍越一步雷池
都不成。這是你付一百里拉的代價。既然你付了這筆錢來買
票，那你就得步步跟着這位髮髭不修，愁容滿臉，長得極像小丑
的嚮導。他操三種語言，手執枴杖，向遊客作報告時不斷像變
戲法的以枴杖朝天指點着說：「請各位不要離隊或擅自走動。這

是唐哥的家族，意大利數一數二的貴族向各位的請求。因為只有在這種互相尊重的原則下他們才願意開放這些巧奪天工，富有歷史價值的花園樓閣讓全世界各國人士參觀。」

遊客跟着這位嚮導在宮殿內匆匆巡視了一遍。大廳內，掛氈和明鏡高懸。此外就是一些舊家具、舊書、繪畫，和一些雕像。總之，以趣味來說，這兒的一切比他在其他島嶼所見過的好。看到拿破崙睡過的床上時，費利曼忍不住偷偷的摸了床上的被單一下。但他的動作不快，被那位眼觀四面的嚮導看見，氣沖沖的拿起枴杖，指着他的胸口罵了一句「王八生的」。這句話，不但弄得費利曼不好意思，連在旁兩位拿着太陽傘的英國小姐也臉紅起來。幸好不久這位小丑嚮導就帶着他們一行人（約二十個）到花園去，費利曼才下了場。這兒是全島最高之點，由此眺望金光四射的湖水，葱蘢翠綠的花草樹木，心神不覺為之一暢。隨後，他跟着嚮導穿插於橙樹、檸檬樹、木蓮和夾竹桃之間——難得他對這些樹木的名字背得如此滾瓜爛熟。經過了他講解，費利曼才知道原來檸檬可作香料用。這兒奇花異卉極多，有山茶、石南、茉莉，和各式各樣的玫瑰，同沐於芬芳馥郁的氛圍中。費利曼看得眼花潦亂，頭也昏了。面對着當前美景，不禁傷感起來，體會到自己的生活，實在空虛得很。這些感慨，雖說是突如其來，但實際上是給他渾渾噩噩的生命的一種警告。至於為什麼他會因此覺得如此「失落」，自己也搞不清楚，因為平日他是蠻瞧得起自己的。這時那位瘋瘋癲癲的嚮導

突然出現，拿着他的枴杖指手劃腳的向遊客解說這是衫木、這是有加利樹、這是樟樹、木蘭等等，名堂之多，真是令費利曼目不暇給。他興奮得無以復加，乃故意落後，裝着要細看一棵木蘭的果子的樣子。嚮導率眾匆匆離去，費利曼乃一躍跳到木蘭樹後面（連他自己也不知道是否早有預謀），沿着一條旁邊長着一棵高大的月桂樹的小徑，走下兩蹬階梯。躍過一道大理石築成的圍牆，跟着又匆匆的穿過一個小小的森林——但究竟要到哪裏去呢？要找些什麼東西呢？真是天曉得！

或者他下意識地以為現在所走的方向，會帶他到昨天晚上所見的那靠近湖邊的花園內。他就在那裏見到那位白衣少女。但埋頭埋腦的走了幾分鐘後，他沒有找到花園，卻跑到湖邊一個小灘上來。灘上滿佈鵝卵石，走下石階就是湖邊。離湖邊一百尺左右有一木筏停泊着，但上面不見有人。費利曼本來心情就不好，加上走得筋疲力倦，乃靠着一棵樹坐下來休息。等他抬頭一看時，眼前出現一穿白泳衣的少女，正從水裏走出來，拾級而上。費利曼眼瞪瞪的看着她一爬一跳的跑上岸來，濕潤的胴體，在陽光下閃耀生輝。她看到他了，乃急急的俯下身來，在氈子上抓起浴巾覆在肩上，並拉緊毛巾的雙角，密密的遮蓋高聳的乳房。她的黑髮也濕了，長長的披在肩上。現在，輪到她來凝望着費利曼了。費利曼站了起來，腦中想着向她道歉的話。但絞盡了腦汁，還是說不出來，結果急得他自己臉色發白，女的窘得臉色通紅。

　　費利曼從小在紐約長大，過慣大都市生活。但不知怎的，現在看到這個少女站在他面前毫不自覺地望着他，才不過短短的半分鐘，他竟感到侷促起來，馬上想到自己的身世和不利的處境。但另一方面說來，他也有他的優勢：他自知長得不難看，而且還可說得上是瀟灑英俊。除了在後腦上露出一個約摸指尖那麼大小的禿疤外，費利曼的頭髮，長得不但旺盛，而且還蠻神氣的。他眼睛呈灰色，清晰明亮，很正派；鼻子挺直；嘴唇非常純厚。除此外，他四肢長短極為相配，因此身材雖略嫌短小，也不大容易看得出來。以前一位女朋友還說她有時覺得他長得蠻高大的呢。經她這麼一說，他心中安慰多了，因為有時他覺得自己實在矮小。但這種對自己儀表的自信，並不能減低他目前的恐懼心理。大概部分原因是目前站在他面前這個人，代表着他一生所熱切追求的東西。另外一個原因是不難了解的：兩個陌生人偶然單獨碰在一起，尷尬場面，一時自難打破。

　　但這位小姐卻不這麼想。最令他驚奇的是她不但毫無畏懼之心，而且簡直可以說是因為這次邂逅相逢極感到高興。她對費利曼馬上發生興趣。當然，她是處於優勢的，因為在這裏她可以用主人的身分應對這位不速之客。這個「主人」實在長得秀外慧中——唉，乖乖，這曲線玲瓏的身材、這張輪廓分明、皮膚微帶黝黑的義大利臉孔，真是這個國家歷史文化的精美產品。她眉長如柳葉，眼睛是褐色的，長得很甜很大。嘴唇紅潤細

小，精緻如一片紅花瓣。除了她的鼻子稍長，稍嫌尖削以外，她可以說是長得十全十美了。她臉如鵝蛋，下巴尖小圓潤，予人一種粉雕玉琢的青春柔和之感。她年紀大概是二十三歲左右。費利曼這時心神稍安，發覺這小姐的目光中，蘊藏着一種對生命的渴望——或者僅是悒鬱而已？而且她看他時的神情顯得好像有點與他似曾相識的樣子。從這種反應來判斷，他知道自己並不受人討厭。「千里姻緣一線牽」，果如斯乎？

「迷了路吧？」那少女笑着問，兩手仍緊執着白浴巾不放。這句意文，費利曼倒聽懂了，乃用英文答道：「不，是自己走來的。你可以說我是故意的迷了路。」他本想問她昨夜他划船到這兒來時，她有沒有看見他。但後來改了主意。

「你大概是美國人吧？」她用英文問，意大利口音很濃厚，但反使其英文更覺悅耳。

「對了。」

那女孩子細心的看了他好一會，然後猶豫的問：「你，你是不是猶太人？」

費利曼幾乎忍不住苦叫。這種問題，並非出他意料之外，但私底下他不由得吃了一驚。但他實在長得不像猶太人，而且一直沒有人認出他是猶太人。因此，他眼睛也不翻一下就斷然說不是。隨後，他跟着又說他個人對他們毫無歧見。

「我只不過隨便問問而已。你們美國人的種族這麼多。」她隨隨便便的解釋了一下。

「我知道，但不必擔心。」費利曼説，跟着拿起帽子，作自我介紹：「我叫享利・費利曼。」

「我叫依莎伯娜，」她説，有點心不在焉：「依莎伯娜・唐哥。」

「得謹慎點呵。」費利曼對自己説道。「感到不勝榮幸。」他欠身道。她把手遞過去給他，溫文的笑了笑。但正當他想出其不意的吻它一下時，那位貌如小丑的響導又在隔着幾道梯形草坪上的一堵牆附近出現了。看到費利曼在這裏，真是大出意料之外，於是大叫一聲，直從石階上奔下來，手中那條枴杖，舞動有如長矛一樣。

「你怎可以亂跑亂闖！」他破口責罵道。

那女孩子説了幾句話，要他安靜下來，他怒氣沖天，怎樣聽得進去？他一把抓着費利曼的手臂拉他上石階，還在他屁股上狠狠的打了一記。為了要保持風度，費利曼既沒有反抗，也沒抱怨。

這次離開唐哥島雖然如此尷尬（依莎伯娜説了那幾句勸誡的話，看見無效用，先自離開），他一點也不失望，時時想着「榮歸」的計劃。令他如此興奮的理由，極其簡單：美人的青睞。至於為什麼她會對他情有獨鍾，他自己也不知道，不過從她的眼色可以得到保證，他這種想法不會是自作多情的結果。他把這種問題做了種種的假設，自問自答（這是他的老習慣），最後相信這次能得美人垂青，除了那套「男才女貌」慣調外，最主要的原

因是在她看來，他與別人不同，包括他那種敢作敢為的作風。譬如說，他竟敢逃過了嚮導的監視，偷偷的跑到水邊來等候她出現就是一例。她自己亦是一個不同尋常的女子，否則對他的反應，不會如此快。她的面貌身材不比尋常，最令費利曼注意的是她的身世和她家的歷史背景。（這一兩天他拼命的在「旅行指南」這一類的書籍內搜讀有關唐哥家族的資料。）他從她身上，似乎可以看到她家的輝煌歷史，一直追溯到其祖先俠客處士時代。他自己當然沒有什麼家世可言。但人的際遇，誰可預料？因此他與依莎伯娜的結合不見得是非分之想。而且，他此次旅遊的主要目標，無非是希望碰到像依莎伯娜這樣一個女子。他覺得歐洲的女孩子會比美國的女孩子更適合他的個性。但另一方面，由於他們的生活和背景如此懸殊，費利曼對依莎伯娜，雖然迷戀已深，卻不無顧慮，深知一旦追求開始，就是煩惱滿身之時。譬如說，他對她的家庭毫無認識，這又會不會給他麻煩呢？還有一點現在想起來也令他不安的：為什麼她問他是不是猶太人呢？為什麼她剛跟他碰過面，連對方的樣子還沒有機會看清楚就問他這種問題呢？這種經驗，真可說是生平第一遭。他對此所以大惑不解的，是因為他的長相一點兒猶太味都沒有。後來他乃作一自我安慰的推想：她的問題不外是一種「考驗」而已，因為她一碰到她心喜的男人時，就要馬上決定他的資格。是不是她以前與猶太人有過不愉快的關係？這看來不似，但並非全不可能，因猶太人今天可說無孔不入。「大概這就是了。」費利曼最

後向自己如此解釋說。大概是由於這段不快的經驗所致，依莎伯娜對猶太人難免有芥蒂之心。不過他也不必擔心，他答她的話時，相信未露破綻。而且過去的事管他幹麼？費利曼心知對依莎伯娜的追求毫無把握，但他卻不因此洩氣；反之他覺得打無把握的仗才夠刺激。

　　這麼決定後，費利曼馬上興奮得難以言喻。他要馬上去看她，時時去看她，與她交朋友。但從哪裏下手呢？他想到打電話給她，但一來不知那「拿破崙睡過的宮殿」有無電話之設；二來怕她的傭人或其他家人接電話時，他不知怎樣介紹自己才好。最後，他決定用寫信方式。他用上好的信紙寫了幾行字，問她方便時是否願意與他見面。他提議雇一馬車沿着湖邊走，以便靜靜的談心。信末他署名費利曼，不用雷溫。信發後，他吩咐房東太太說凡有署名費利曼的函件送來或寄來，都請交給他。而她從此也得改稱他為費利曼先生。他並沒有解釋什麼理由，因此當房東太太大惑不解的望着他時，他乃塞了一千里拉給她，她便馬上變得「友好」起來，臉色也溫和多了。現在信已發了，時間走得特慢。她回信前那一段日子，怎樣打發？當天晚上，他實在等得不耐煩了，乃雇了划艇搖到唐哥島去。湖上水平如鏡。他到岸時，室內燈火已熄，只見宮內一片朦朧，而整個島嶼亦無生氣。他一個人也沒有看到，不過，在他心中，他感到她的存在。在歸程中，遇到了湖上的水警輪盤問，檢查了護照後才讓他通過。一位警官勸告他夜後不要划船，因為容易發生

危險。第二天早上，他戴上了太陽眼鏡和新近買的草帽，穿上一套薄麻布西裝，就跳上了汽船。不久，他和一群遊客就到了他的「相思地」。但他行迹不幸又為那好管閒事的嚮導發現，舞動着手中的手杖，像老師命令學生似的向他下逐客令。費利曼生怕與他吵起來必為依莎伯娜所聞，只得匆匆地悻悻然離去。當晚回家後，房東太太與他推心置腹一番，告訴他不要跟唐哥島人打交道，因為那家人的信譽一向不大好，一不小心就會上當。

星期日，費利曼午睡醒來，情緒極壞，忽聞敲門之聲。開門進來的是個腿長得長長的男孩子，穿着短褲，襯衣已破爛。費利曼接過他帶來的信（信封一角印着一個他不知是誰人的徽號），緊張得心都跳出來了。打開一看，只見薄藍的信紙上，載着幾行細長的字：「請於今午六時來此。厄勒斯陀會給你帶路。依莎伯娜上。」現在已是五時多了。費利曼一陣激動，樂得幾乎昏倒。

「你就是厄勒斯陀了，是不是？」他問帶信來的孩子。

那孩子搖搖頭，說：「不是，先生。我是奇亞哥比。」他大概是十一二歲的年紀，進來後一直用極好奇的目光望着費利曼，眼睛瞪得大大的。

「那麼他在哪裏？」

孩子便向窗口一指。費利曼猜想「他」一定在湖邊等候着了。

費利曼在浴室匆匆更衣，穿上薄麻西裝，戴上草帽後就說，「我們走罷，」接着就連跑帶跳的走下樓梯。那孩子只得在後跑步跟着他。

　　走到碼頭時，費利曼嚇了一跳。原來厄勒斯陀不是別人，正是他的冤家嚮導，他大約在那座宮殿裏很是個人物，和唐哥家淵源很深了。這次給費利曼做特別嚮導，場合雖不同，然其心有不甘的表情則一。不過，相較起來，他這次算心平氣和多了。而且，態度雖然仍見傲慢，但卻勉力裝出禮貌的樣子。大概是受他雇主申誡一番的結果吧。費利曼見到時，便與他客套一番。奇怪的是，厄勒斯陀並不如他想像中的那樣，乘着豪華汽艇來接他。他開來的是一條特大的、介乎漁舫與救生艇之間的划艇，船身久經風吹雨打，已見破舊。他坐在船尾，費利曼緊隨在奇亞哥比後面，上了船，看到這小孩既然在船中央坐了下來，乃猶豫了一會，在船尾靠厄勒斯陀坐了下來。各人就坐後，岸上一位船伕乃給他們幫忙推了一下，奇亞哥比就運槳撥水而去。船身大，本來已不易控制，加以奇亞哥比手上的兩槳，又重又長，但大概這孩子已使用得熟能生巧，因此他划起來，不見吃力，船一離岸，就急急的朝着唐哥島駛去。

　　船一開後，費利曼精神為之一振，使他最遺憾的，就是他坐的位置靠厄勒斯陀靠得這麼近，連他口中呵出來的大蒜味也聞得到。雖然他給遊客做嚮導時，話說得滔滔不絕，可是，現在陪着費利曼，卻默不作聲。他嘴邊吊着的一截雪茄煙，已熄了火；想得出神時，還不斷的用手杖去戳着船底的木板。費利曼真擔心他會給這條船開一個洞。看他神色，疲倦不已，好像是經過了一夜的狂歡暢飲而未暇休息的樣子。突然，他脫下黑色

氈帽，拿出手帕來擦額頭，費利曼這時才注意到，原來厄勒斯陀頭已禿了。不但如此，他一下子老了許多。

費利曼很想找些輕鬆的話說說（此時此地不該再存什麼積怨了），但又不知從何說起。若他不答話，豈非自討沒趣？兩人默對了好久後，費利曼有點受不了，乃說：「要不要我來搖一下，好讓這孩子休息一會？」

「隨便你。」厄勒斯陀無可無不可的聳聳肩說。

費利曼與奇亞哥比易位而坐後不久，即生悔意。兩條槳重得出奇，而他又不善於划船，因此划起來一條槳輕，一條槳重，弄得船身方向不定。這簡直和拉棺材差不多。最令人尷尬的是當他抓着這一雙槳，重得不知所措時，奇亞哥比和厄勒斯陀對他的「表演」，虎視耽耽。「要是他們兩人都不在這裏，那多好。」這麼想着，手上更用勁了。說也奇怪，就憑這點蠻勁（手掌皮也擦破了），他划得比前有節奏多了。船身平穩地前進。費利曼覺得非常得意，抬起頭來要看看他們的反應。但他們早已不看他了。奇亞哥比的目光，隨着水面一根稻草飄流。而厄勒斯陀則縱目遠方，想得出神。

過了好一會，厄勒斯陀似乎已把費利曼這個人的一舉一動，一言一語都想清楚了，覺得這人還不壞，乃用較友善的語氣問他道：「大家都說美國人很闊，是不是這樣？」

「還可以，」他咕噥的答道。

「那你一樣是很闊的了？」厄勒斯陀問得自己也覺得有點唐突，吊着雪茄煙屁股的嘴，乃浮出尷尬的笑容。

「我生活過得還蠻舒服的，」費利曼答道，然後又誠懇的加一句：「但我賺的錢都是以勞力換來的。」

「他們都說美國是青年人的天堂，對不對？我意思是說他們想要吃什麼就有什麼，女人做家務都有機器代勞。」

「嗯，許多許多機器代勞。」費利曼說。「但世界上沒有不勞而獲的事呵，」他隨後這麼想。既然厄勒斯陀現在與他談這問題了，他就趁機把美國的生活水準和生活方式原原本本的告訴他。至於這種生活和生活方式，對意大利貴族說來是否有意義，他就不得而知了。人之所好，各有不同，你很難猜想到對方需要的究竟是什麼。他只能往好的一方面去想。

厄勒斯陀看着費利曼划船，沒有答話。看樣子，他好像要把費利曼所說的話默記在心上。

「你是不是做生意的？」他終於開口說話了。

想了一會，費利曼總算找到了答案：「我搞的是公共關係。」

厄勒斯陀丟了煙屁股，問：「對不起，恕我唐突的問一句：在美國搞這種生意的，收入好麼？」

費利曼很快的在心中盤算了一下，答道：「我個人平均每週賺一百元。以意幣來算，我月薪大概在二十五萬左右吧。」

厄勒斯陀把這數目自己唸了一遍，一面手按着帽子，以防被風吹掉。看到那孩子的眼睛瞪得大大的，費利曼禁不住心頭一樂。

「那令尊大人呢？」厄勒斯陀問過後，就停下來，靜觀費利曼臉上的反應。

「他怎麼樣？」費利曼反問，有些緊張起來。

「我是說是幹什麼生意的？」

「他以前做保險生意，但早已去世了。」

厄勒斯陀禮貌的把帽子脱下。這一來，陽光就照到他禿頭上來了。這以後，兩人就一直沒有再説話。到岸時，費利曼不想功虧一簣，乃以討好的語氣問他的英語是哪兒學來的。

「胡亂湊起來的，」厄勒斯陀微露倦意的笑着説。費利曼素來善於鑒貌辨色，知道經過這一次，厄勒斯陀即使沒有變成他的知心友，但最少敵意已消了。換句話説，內線已走成功了。

他們登了岸。待奇亞哥比把船繫好後，費利曼就向厄勒斯陀詢問小姐的所在。厄勒斯陀不耐煩地用手杖向上面山坡一指（這一手勢所包括的範圍，就是整個島嶼的上半部）。這時費利曼心中禱告着，希望他與依莎伯娜碰面時，這兩位先生不要老跟着在一起。其實他的耽心，也屬多餘，因為當他四處張望找尋依莎伯娜時，厄勒斯陀和奇亞哥比早已不知所踪了。「意大利人在這些事情上，真會替人着想，」他想。

費利曼一面警告自己要小心，不要輕舉妄動，一面匆匆拾級而上。每抵一層地坪，他必停下來左盼右顧一番，然後再往更高的一層走去。（此時他已將帽子脱下，執在手上。）穿過了萬花千樹後，他終於找到了依莎伯娜。一如他所料的一樣，她在花園內一張靠近大理石噴泉的石板橙上獨坐着。噴泉內豎立着幾個石雕的小頑皮，泉水由他們口中噴出，在柔和的陽光照耀下，閃閃發光。

看到她輪廓分明、嬌柔細緻的美麗面龐，看到她深沉而黑得發亮的眼睛，看到她打散的長髮，落到頸背時髮端微微翹起，費利曼內心一振，剛才划船時磨腫了的手指，痛徹心脾。她穿着一件淺紅色亞麻布上衣，因料子薄，更易顯出她美好的乳房。下繫一窄身長裙，曬成褐色的雙腿，沒有穿襪子。足登便鞋。費利曼按着性子，慢慢一步一步的走近她時，她突然舉手把一縷被風吹亂了的頭髮撥到腦後去。這姿勢，好美，美得令人感到哀傷起來，因為凡是美的事，都是一去不回的。而且，由於這個「美絕」的姿勢一去不還，費利曼不禁聯想到人生中許多如幻如真的問題。譬如說，今天晚上是星期天的晚上，他歷盡艱辛，終見到了她，這是一個無可否認的現實了罷？但事實果如此麼？說不定依莎伯娜這個人，也不過是一種鏡花水月而已。說不定這整個島嶼也不過是一種浮光掠影罷了。由此他更想到自己所過的半輩子生活，好的、壞的，都曾令自己操心過，但到頭來，不外如是。今天，明天，也不外如是。看通了這一點，他乃以一種「萬物皆作如是觀」的心情去招呼依莎伯娜。但這種消極的心情，頃刻就煙消雲散了。蓋依莎伯娜一看見他時，就站了起來，把手遞給他，使他心中，悠然起了生意。

「歡迎！歡迎！」依莎伯娜紅了臉。她表面看來很是快樂，但他從她的眉目中，看出她的情緒有些紛亂。或者這兩者同屬一種情感吧？就在這個時候，他真想上前擁抱着她，只是始終提不起勇氣。此刻站在她面前，費利曼已感到了滿足，好像他們

倆人間，早有白頭之約似的。但另一方面，費利曼察覺到她某種侷促不安的神情，這使他不禁意識到他們離鬧戀愛的階段尚遠。最少在目前看來，境況絕不明朗。但費利曼鬧戀愛，經驗多了，知道男女關係就是那麼一回事：在未成為檀郎前，你總得做一會兒陌路人呵。

談話時他很是客氣：「謝謝你的便條。我一直就想找機會來看你。」

她轉身面對着房子，說：「我家人都外出了，到另一個島去參加婚禮。你要不要我帶你到裏面走走？」

這消息，令他又高興、又失望。雖然他並不急於想見她家人，但反過來說，如果女方肯此刻帶他拜會酋長，那事情就大有希望了。

他們在花園內走了一會後，依沙伯娜就牽着費利曼的手，穿過一道大門，走進這所裝飾得美侖美奐的洛可可式大廈內。

「你想看些什麼？」

雖然厄勒斯陀在此之前曾帶他走馬看花的看過這房子的兩層，現在既然樂得有小姐帶路，有親近的機會，因此便說：「隨便你帶我去哪裏都可以。」

依莎伯娜乃把他帶到拿破崙睡過的地方去。

「其實拿破崙本人並沒有睡過這裏，」她向他解釋道：「他在貝娜島住過倒是真的。他的兄弟約瑟來過，或者寶琳和她的情人來過，但究竟是誰來過呢，那就不曉得了。」

「哈，哈，原來這騙局！」費利曼説。

「我們是窮國家，所以只得如此。」依莎伯娜説。

在大畫廊內，依莎伯娜指手劃腳的給他解説這些畫是提申的，那些畫是丁都萊多和貝利尼的，琳瑯滿目，看得費利曼嘴巴都閉不起來。可是，在快要離開這畫廊時，依莎伯娜微帶覥覥的笑着對費利曼説：「這些都是複製品而已。」

「複製品？」費利曼大吃一驚。

「除了一兩張倫巴派之外，其餘的都是複製品。」

「這樣説，提申的都是複製品？」

「嗯。」

這太令人洩氣了。

「那麼那些雕像呢？難道也是複製麼？

「大部分是這樣。」

費利曼沉了臉。

「你怎麼了？」

「我實在是真假不分呵。」

「原來是為了這個，」依莎伯娜説：「這些複製品做得實在太漂亮了，只有專家才能鑒辨出真偽來。」

「真是學而後知不足，」費利曼説。

聽他這麼説，依莎伯娜便捏他的手，使他覺得舒服些。

依莎伯娜引着費利曼走過長長的走廊時，看到兩旁吊着的掛氈，就對他説這些東西倒是極有價值的「真迹」。時日已西斜，

走廊上光線微弱，不過反正費利曼對這些綴錦畫沒多大興趣。掛氈顏色，藍綠相間，從天花板一直拖到地板，繡的無非是普通的森林畫面：老虎、獨角獸和雄鹿在林中嬉戲（最後是老虎把獨角獸殺死）。依莎伯娜引着費利曼匆匆走過這裏，進入一個他上次沒來過的房間內。這房間，也掛滿了掛氈，只是畫面內容，取自但丁神曲中的「地獄」。他們停了下來觀看，只見一個痲瘋病人，渾身長了膿疱，奇癢難煞，不斷的用指甲去抓。

「他幹了什麼壞事才弄到這樣子？」費利曼問道。

「他騙人說自己會飛。」

「就因此罰到地獄來受苦麼？」

她沒有回答。走廊越來越昏暗，他們也跟着離開了。

離花園不遠，就是湖邊。上次費利曼划船划到此地時看到的木筏，現在仍碇泊在那裏。他們現在停下來，看着湖水在變換顏色。依莎伯娜話說得很少，只見其凝神靜思。費利曼對於自己和依莎伯娜的前途，雖然極其關心，心中雖然難免頭緒萬端，但見對方如此，也不得不沉默起來。夜漸深，月亮亦已升起來了。依莎伯娜對他說：「對不起，我轉頭就回來。」說完後，就閃身轉入一叢灌木裏去了。當她再現身時，費利曼突覺眼前一亮，原來依莎伯娜竟脫得赤條條的！但他的眼睛還來不及看到她的後半身，她已跳進水裏，向木筏游去。經過了一番痛苦的估計（我能否游得那麼遠？會不會淹死？）後，費利曼終於敵不過她的引誘（她坐在木筏上，挺着上半身迎着月亮），為了要看

個究竟，乃毅然學她在灌木叢中脫下衣服，走下石階，跳進水裏去。他游得笨拙極了，好一副「虎落平陽」的樣子，更糟的是此次竟要在小姐面前丟人獻醜。一邊游一邊幻覺叢生，看到自己沒頂時的樣子。說不定還要她跳下水來救他出生天呢。但不能計較得這麼多了，不入虎穴，焉得虎子。這麼想着，他就爬得更起勁了，到了木筏時，居然猶有餘勁。由此可見他天性實有杞人憂天的習慣。

但爬上木筏時，最令他洩氣而又驚奇的是，依莎伯娜竟踪迹渺然。向岸上一望，原來她早已回去了，現在灌木叢中奔來奔去。愁眉苦臉的休息了一會後，連續打了兩個冷顫，想來必定招了涼，乃連忙跳進水裏，趕着游回岸去。依莎伯娜早已穿上了衣服，執着浴巾，候在那裏。看着費利曼拾級而上時，她把浴巾一扔扔給他，然後在他將要擦身更衣時，退了出去。待費利曼穿了那套薄麻布西裝出來後，她乃從廚房拿了一個大盤子，上面盛着香腸、乳酪、麵包和紅酒，用來招待他。雖然費利曼為剛才撲了個空而氣了好一會，現在喝着紅酒，心情鬆弛下來，有沐浴後那種舒服的感覺。湖邊本來有蚊子，但好像知道他要向依莎伯娜示愛似的，沒有給他搗蛋。他向依莎伯娜道了愛慕之情後，她乃情深款款的吻了他一下。就在這時，厄勒斯陀和奇亞哥比出現了，把他送回史特莉莎去。

星期一早上費利曼覺得渾身不自在，不知何以自處。一醒來後就思潮起伏。記憶中的事，雖然有很多是快樂的，但也有

不少是煩人的。他懊悔自己沒有好好的利用每一分鐘與她同在
的時間。而且，該對她講的話，譬如說他的為人，他們倆人合
起來時，將會過的是什麼一種生活——諸如此類的事情，尚沒
有好好的給她講過。他更懊悔自己游泳游得不好，游到木筏時
人已不在了。如果他能及時趕到，那會是一番什麼景象呢？現
在想起來，他仍覺興奮不已。但，唉，回憶就是回憶，你可以
忘記，但事實可改不了。但從另一方面看，他現在所得到的成
績已夠滿意了。既與她相對了一晚，看過她美麗的胴體，親過
她，又得到她愛情的無言默契，還能要求些什麼？但想到她時，
就慾念難抑。整個下午，他就在街上閒閒蕩蕩的度過了，痴痴
的想着她，不時直望着湖上閃閃發亮的島嶼發呆。入夜時，他
已筋疲力盡，抱着半生積鬱，悵然歸寢。

　　躺在床上，等着入夢。說也奇怪，他今夜雖然心事重重，
但最令他輾轉不安的，只有一樁。如果依莎伯娜果真愛他（他直
覺到她如此或快會如此），那麼，憑着愛情所給予他的力量，什
麼問題不可以解決？會給他最多頭痛問題的，可能就是依莎伯娜
的家人，這一點，已在他意料中。但在意大利人眼中看來，能
把女兒嫁到美國去，實非壞事。即使貴族階層人士也會如此
想，否則為什麼他們會派厄勒斯陀出來向他打探消息？有了這個
客觀條件，事情當然更有希望了。當然，如果依莎伯娜性格獨
立而自己又急切的想去美國的話，那事情就更好辦了。她的家
人一定會就範的。

現在最令他忐忑不安的卻不是這些問題，而是他對她撒了一個謊，說自己不是猶太人。當然，他現在向她坦白認錯也來得及。他可以告訴他真名叫雷溫，不是費利曼。但他實在怕一把話說出來，就前功盡廢了。她與他第一次碰面時，第一件事就問他是不是猶太人，她不想與猶太人打交道的意思，不是很明顯了麼？另一個可行的辦法是，目前不作解釋，讓她在美國住下後，自己去體會到，生為猶太人並不等於犯了瀰天大罪。而且，人為什麼一定要替歷史負疚？但這辦法也有其不善之處，因為依莎伯娜說不定會受不了這突如其來的「發現」而怪責他。

另一個方法——也是常常想用的方法——就是改名換姓（他曾一度想將雷溫易為李雲）。這樣子他就可以高枕無憂了，再用不着擔心人家會從姓名裏看出他的猶太血統。說到家人，他是獨子，而父母雙亡，故不必恐怕這種忘祖的做法會傷任何人的心。說到親戚方面，只有幾位表親，但他們都定居於中西部，他的婚事，他們怎會管得着？而且，他與依莎伯娜將來婚後返美時，不必一定住在紐約，大可搬到舊金山去，一來那兒沒有人認識他，二來沒有人會知道他。要把這種種細節安排好，他預計需要在婚前單獨回去美國一兩次。至於婚禮方面，他估計非得在教堂舉行不可，因為非此不能辦出國手續。此雖與猶太教例相抵觸，但為了要手續快捷，也不計較到這些了。反正諸如此類的事情在我們的社會裏每天都發生的。

　　這不見得是十全十美的方法，但他也只得這麼決定了。令他難過的，倒不是因為自己為了女人數典忘祖而良心不安（他也受夠了因猶太人的身分而招來的煩惱、不快和自卑感），而是因為他要繼續對他心愛的人說謊話。他們倆人的關係真可說得上是「一見鍾情、一見諛情」了。這實在是他心中一個最大的疙瘩。但假如這是贏得美人青睞的唯一方法，那麼，厚着臉皮也得做一次。

　　可是第二天一早醒來時，對宵來所想到的主意和計劃，信心又發生動搖。別說到與依莎伯娜結婚那麼遠了，現在連是否能再與她見一面都不知道呢！上次與她分手時曾輕輕的問她，幾時能再見面，她只含糊的答說：「快了」。這「快了」看來真是長遠得遙遙無期。日子一天天的過去，而她一樣音訊全無，費利曼開始覺得心急如焚了。他懷疑到他與依莎伯娜的關係，會不會是他自己創出來的空中樓閣呢？他「覺得」她對他很有感情，但這是不是他自作多情心理下做出來的幻覺而已？他不想再朝這方向想下去，把自己弄得心灰意冷，乃竭力搜索枯腸，想找一些分心的事情來做做。就在這時，敲門聲響了。他下意識地猜想到這一定是房東太太，她常常是這樣進來瞎扯的。但事情大出他意料之外，原來進門的竟是穿着短褲的奇亞哥比，手上拿着一個他所熟悉的信封。依莎伯娜在信中告訴他兩點鐘在廣場內等他。那兒有電車開往麥坦奴尼山。如果他願意，可與她同赴該山頂觀看此一地區的湖光山色。

　　不消説，此一短束把他種種疑慮一掃而光。但他實在耐不住性子，才一點鐘就到了廣場，煙一根接一根的抽着。一看見她出現時，他馬上便有一種雲開見月明的感覺。而且，當她走近他時，他注意到她的眼睛，實在並不是瞧着他看（在遠處，他看到奇亞哥比划着船離開）。她臉上可説是木然無表情。他對此起先覺得惑然不解。但隨後一想，放了心，因為實在是她約他出來的。現在他倒反過來擔心到她出來時所遭遇到的困難了。今天他一定要找機會向她提議私奔，看她反應怎樣。但不管剛才令她心煩意亂的是什麼東西，現在見到他時，一些痕跡也沒有了。她跟他招呼時，滿面笑容，禮貌的伸出手來（他滿以為她會投懷送抱呢）。他俯下身來，在光天化日之下親吻着她的手指（就讓在暗處監視着她的人回去做小報告吧）。她羞怯怯的連忙把手縮回。今天她穿的白短衣和裙子，與她在星期天所穿的，完全一模一樣。這種打扮，確令他感到詫異，但一面又暗自佩服她抗拒傳統的勇氣。他們隨着十來個遊客上了電車，在車子沒蓋的前半截離群而坐。好像為了要報答費利曼安排座位安排得如此周到似的，依莎伯娜在他要握着她雙手時，沒有縮回去。電車老爺得很，在城內慢慢的走了一段路後，就開始一步一挨的爬上山坡。全程差不多走了兩個鐘頭，他們在車上看着湖的面積逐漸縮小，而山上的氣壓越來越低了。除了偶爾給費利曼指劃解説當地的景物外，依莎伯娜顯得異常沉默。費利曼一來知道女孩子在跟你熟絡前需要一段時間，二來反正目前沒有什麼計

劃，所以實在説得上是正合心意。電車到了終點後，他們走過了一塊長滿野花的草地，沿着斜坡走上山頂。遊客雖然多，但山頂寬大，且他們靠山邊站着，獨有天地。在他們腳下，就是起伏不平的皮得蒙和倫巴底大平原，七個小湖散置其中，遠看起來，好像七面鏡子，也不知映照誰的命運。再放眼望去，就是白雪蓋頂的阿爾卑斯山脈了。「呀！」他喟然嘆息，沉默起來。

「我們這兒的人都認為這是上天掉下來的一塊淨土。」依莎伯娜説。

「真真不錯，」費利曼顯然為這莊嚴蕭穆的阿爾卑斯山所鎮懾了。依莎伯娜從羅沙峯數起至少女峯止，給他叫出了阿爾卑斯山各山峯的名字。面對這種氣象，他心胸突然開朗起來，恨不得馬上建一千秋萬世之業。

「依莎伯娜——」費利曼轉過身來，想這時就向她求婚。但她站得離他很遠，臉色蒼白。

她的手朝着那一座一座的雪山一指，在空中劃了一弧形，説：「你看這七個山頂像不像曼羅娜。」

「像什麼？」他禮貌的問道。突然間，他記起了一件事：那天晚上他脱光了衣服游泳時，她不是看到他麼？想到這裏，他覺得需向她解釋，説他是在州立醫院出生的，而在州立醫院出生的男嬰，例必得割包皮的。但隨後一想，管它呢，她也未必注意到。

「像一個吊在天空的、長着七條手臂抱着白蠟燭的大燭臺，是不是？」依莎伯娜問道。

「嗯，真有這種感覺。」

「或者，你說像不像聖母頭上那頂飾滿珠寶的冠？」

「這也像，」他有點結結巴巴的説：「其實你怎樣看都可以。」

他們現在棄山就水。下山時車子走得快多了。在湖邊等着奇亞哥比划船來接他們時，依莎伯娜的神色有點失常，原來她是有心事要告訴費利曼的。他現在仍求婚心切，因此希望依莎伯娜向他在露心事時，會說她愛他。但她僅對他説：「我原名是依莎伯娜・史特，不是唐哥。唐哥家人已多年不在島上了。我和我父親、弟弟是替他們看家的。我們是窮人家。」

「看家的？」

「是的。」

「那麼厄勒斯陀是你的父親了？」他聲音微揚。

她點點頭。

「那你冒充唐哥家人的主意，是不是你父親替你出的呢？」

「不，是我自己的主意，他不過是依我的意思去做而已。他希望我能到美國去，但那一定得在適當的情況下才去。」

「因此你就冒充別人了，」他心有不甘的説。他自己也不知道為什麼會如此激動，好像他早料到有此一着似的。

她紅了臉，別過臉去，説：「我也不知你的底細，因此我希望你多留些日子，使我認識你深一點。」

「怎樣了解？」

「我實在也不知道，」她痴痴的望着他，隨後就垂下頭來。

「我沒有什麼瞞騙你的，」他說。他本想再說下去，但及時制止了自己。

「我擔心的，就是這個。」

奇亞哥比把船划來了，靠岸後，依莎伯娜就上了船。他倆長得一模一樣，臉孔微黑，眼睛深邃。奇亞哥比一撥槳，船離岸而去。依莎伯娜遙遙的向他揮手。

費利曼在極其激動的心情下，回到住所。最令他難受的是自己的疏忽。她衣服穿得這麼破舊，自己為什麼連這一點都未看到呢？費利曼與意大利貴族鬧戀愛，哼！這真是愛做白日夢的現眼報。他本想一走了之，到威尼斯或佛羅倫斯去，但他心中實在捨不得離開她。再說，他此行的動機不是要找一個合意的女子結婚的麼？如果這次事情鬧得如此不痛快，也是咎由自取。在房間裏耽了一個鐘頭，飽受了一個鐘頭的寂寞之苦，費利曼決定非娶她不可。不管她是唐哥女伯爵也好，管家婆也好，總之，她是他的皇后娘娘就是。如果他怪她騙他，那麼，他自己呢？他倆實在是誰也沒負誰。想到這裏，他心平氣和多了。而且，現在既然隔閡全消，今後事情好辦多了。

他一口氣跑到碼頭去。日已西斜，船家都已返家吃晚飯去了。正當他想自己動手去解開一條船的纜（明天再給錢好了）時，就看到厄勒斯陀坐在一張板檻上，抽着雪茄煙。他雙腕擱在手杖的把柄上，下巴壓在手背上。

「你要船麼？」厄勒斯陀問，語氣還算溫和。

「真是求之不得，是依莎伯娜叫你來的麼？」

「不是。」

費利曼的猜想，厄勒斯陀到這裏來，必與他女兒有關。她一定是心裏不好受，或者是在大哭大鬧了。唉，這位為人父的，雖然相貌平平，但確是一位魔術師。你看只要他的手杖一轉，就變出一個費利曼來給他的女兒了。

「進來吧。」厄勒斯陀說。

「讓我來划罷，」費利曼說。如果不是及時制止，他幾乎叫出「爸爸」來。厄勒斯陀好像猜透他的心事似的對他微微一笑，笑中帶幾分憂色。他坐到船尾去，樂得舒服一下。

船到了湖心。環湖的山峯，此時已浴在落日的餘暉裏，費利曼乃想起了阿爾卑斯山脈的「曼羅娜」來。她究竟從哪裏學來這個名稱呢？大概是從書本上或圖畫上學來的吧？但這先別管，他和她之間的事，今晚是非解決不可的了。

船靠岸時，月亮已升起。厄勒斯陀繫好了船，就把手電筒交給他。

「在花園裏，」他用手杖指着方向說，顯得筋疲力盡的樣子。

「不用等我，」說着，費利曼加快腳步跑到湖邊的花園去。那兒的樹根，浮在湖面，如老公公的鬍子。手電筒失了靈，但憑着記憶和月色，終給他找到了。依莎伯娜就在矮牆內那堆被

月色照得發亮的雕像下站着。這堆雕像中有雄鹿、老虎、獨角獸、詩人、畫家、抽着煙斗的牧人和作着嘻皮笑臉狀的女牧人——他們都在凝望着閃閃發光的水面。

她全身穿白，真像一個新娘子。説不定這就是一件她祖傳下來的婚禮服所改成的。在窮國家裏，這是屢見不鮮的。我一定要給她買一些漂票亮亮的衣服，他想。

她的背向着他，一動也不動的（但他可想像到她的胸脯一起一伏）。他脱去帽子，叫了她一聲。她轉過身來，甜甜的笑了一笑。他摟着她，在她唇上溫柔地吻了一下。她不但沒有拒絕，而且還回敬了他一吻。

「再見了，」依莎伯娜悄悄的説。

「跟誰『再見』了？」費利曼愛憐的跟她打趣説：「我是來跟你結婚的呵。」

她凝望着他，明亮的眼睛，已見濕潤。最後，她晴天霹靂的問道：「你是不是猶太人？」

「我現在不該再説謊了吧？現在是只要我一開口，她就是我的了。」他這麼想道。但隨後一想，又怕功虧一簣，所以最後還是硬着頭皮説：「我説過多少次我不是了，為什麼你一直問着我這種孩子氣的問題呢？」

「我只不過希望你是而已。」説着，她慢慢的解開了胸衣。這突如其來的動作，令費利曼不禁衝動起來，雖然他對她的動機有點大惑不解。她的乳房好美，美得令他不敢迫視。現在他想

起那夜在湖中裸泳的情景來了，就可惜他遲到了一步。到他細看一下時，不禁大吃一驚，原來在她細嫩的皮膚上，竟出現了一行藍色阿拉伯字母的編號。

「我做小孩子時在畢肯窩集中營所得的遺迹，」依莎伯娜說：「法西斯黨人把我送去那裏，但給我紋上這個的是納粹黨人。」

費利曼苦哼一聲，這種傷天害理的暴行，氣得他說不出話來。

「我不能嫁給你，因為我是猶太人。我過去受過苦，這經驗對我非常有意義，非常寶貴。」

「猶太人，」他喃喃自語的說：「你，你是猶太人？唉，天老爺，為什麼你不早對我說？」

「因為我不願意跟你講些你不喜歡聽的話。我有一陣子以為你──我希望你是，但我弄錯了。」

「依莎伯娜──」他傷心的哭出聲來說：「你聽我說，我，我也是──。」

他伸手去抓她的乳房，要去吻它，親它。但依莎伯娜已在雕像叢中隱沒了。湖面此時已起薄霧，他呼喊着她的名字，但她早已踪迹渺然，費利曼最後擁抱着的，是月色照耀下的石像。

暑期進修計劃

　　喬治‧史托若羅維治在十六歲那年，對讀書失去耐性，因一時衝動，竟中學未唸完就退了學。此後，他每求職一次就慚愧一次，因主事人老問他高中唸完了沒有。但這種經驗並沒有使他改變原來的主意。這一暑假，工作特別難找，他因此亦失了業。空着無聊，喬治想去讀暑期班，但班上的同學又太過年輕。他也想去讀夜校，但又不願在功課上處處受教師的指使。他覺得他們對他，不夠尊重。結果是他從此深居簡出，整天躲在房子裏。他年將二十，是需要異性伴侶的時候了，但可惜手頭沒有錢花，而父親的境況又不好。姊姊蘇菲今年二十三歲，高高瘦瘦，長得很像喬治。她收入不多，就算有盈餘，自己也得存下來，照顧不了他了。而且，自他媽媽死後，姊姊一直就照管家務。

　　一大清早，喬治的父親就得往魚市場去工作。蘇菲大約在八時左右就得離家，因從家裏乘地下火車到勃朗士她工作的那間自助餐廳去，要花一段相當長的時間。喬治獨自用過咖啡後，就在屋內躦來躦去。他家住在一間肉店的樓上，靠近鐵路，共有五間房子。除非屋子內的確凌亂得難以忍受，否則他難得會

把東西清理一下，或弄濕了拖布把地板擦乾淨。早上大部分時間他就坐在房裏獃着。午間他要不是收聽收音機的球賽新聞，就是把從前買回來的兩本《世界年鑑》翻出來，讀了又讀。除此之外，他另一種讀物就是他姊姊帶回的，顧客丟在自助餐館的東西，大都是有關電影明星、運動健將的畫報。常見的還有《新聞》和《鏡報》二種。蘇菲閒中也閱讀嚴肅性的好書，但平時她是抓到什麼就讀什麼。

有一次，她問起喬治，問他整天躲在房間裏究竟做些什麼事，他答說他讀了不少書。

「除了那些我帶回來的以外，你還讀了些什麼？你究竟讀過什麼有價值的書沒有？」

「讀了一些」，喬治答道。實在他並沒有讀。他倒翻看過蘇菲擺在家裏的幾本書，但一直沒心情看下去。最近，他對自己的虛構故事也漸漸感到煩心。他希望自己有一種可以寄託身心的嗜好。少年時，他精於木工，但現在哪裏用得着呢？白天裏，有時他出來散步，但通常都是等烈日西墜，街道較為陰涼時才跑出來。

晚飯後，喬治就在離家不遠的街道上蕩來蕩去。若遇天氣特別燠熱時，各小商店的老闆、老闆娘就拿着椅子，在他們店子面前鋪得厚厚的、但日久失修的行人道上坐下來，打扇乘涼。喬治就在他們和一些在附近一間糖果鋪閒聊不散的人面前走過。這些人中，有一兩個他從小就認得的，但大家從未打過招呼。

他這樣閒蕩，心目中並無特別目標，只是蕩到最後，他總離開這地區，穿過好幾條街，一直走到一個燈光昏暗的公園去。公園內有板櫈、有樹木、有一條鐵欄杆，很是幽靜，裏面花朵開得正濃，樹木枝葉茂盛。他愛在板櫈上坐着，幻想着比目前美滿的日子。他又回想到自離開學校以來幹過的種種工作——送貨員、聽差、公司小職員，和最近工廠裏的工作——這幾種工作，沒有一種令他滿意。他真希望他能有一天找到一份入息好的工作，能住在一條兩旁樹蔭夾道的街上，屋子裏面一定得有門廊。當然，他還有足夠的錢花，一位女朋友，以解寂寥，特別是星期六的晚上。他要街坊鄰里的人喜歡他，尊敬他。他晚上孤獨的時候，就常幻想着諸如此類的事。近午夜時，他才廢然而起，回到那悶熱而枯燥無味的區域去。

　　有一次，喬治在散步時碰上了深夜下班回家的嘉覃撒勒先生。起初，他以為他是喝醉了，後來看清了才知道他沒有。嘉覃撒勒先生禿了頭，體格魁梧，在地下火車站內做賣票員。他與喬治相隔一條街，住在一鞋店樓上。晚上若是天氣炎熱時，他便穿着汗衫，坐在門階上，藉着鞋店窗口透出的燈光來讀《紐約時報》。他把報紙從第一頁至最後一頁讀完後，才上樓睡覺。嘉覃撒勒太太長得白白胖胖，就在她丈夫讀報的當兒，從窗口探首外望，粗壯白皙的手臂交疊起來壓在窗架上，承着鬆弛的乳房。

　　有時候，嘉覃撒勒也會喝得酩酊大醉回來，但他從不大吵大鬧，只挺着腰身從街上走來，然後又慢慢的爬上樓梯，走到客

廳。除了腳步顯得沉甸些，人沉默些和眼睛濕潤些外，他醉時的臉色和平時無異樣。喬治對嘉覃撒勒先生向具好感，因他在小孩子的時候，他常常給他零錢買檸檬冰吃。他覺得嘉覃撒勒先生有其與眾不同的地方。每次見到他時，他問的問題，也大異於住在附近一帶的人的老問題。而且，不論報紙刊載任何消息，他都知道得清清楚楚。因為每天下班後就看報，正如他身體不好的胖太太，每天愛在同樣時間憑窗眺望一樣。

「喬治，這暑假你打算做些什麼？」嘉覃撒勒先生問着道：「我常常看見你在晚上走來走去。」

喬治有些不好意思，答道：「我喜歡散散步。」

「那麼白天你幹什麼呢？」

「暫時沒做什麼。我申請了工作，現在等着回音。」為了使對方不要以為他游手好閒，他跟着說：「我在家裏自修，看了很多書。」

嘉覃撒勒開始感到興趣了，掏出一塊紅手帕來，用力擦着熱刺刺的臉。

「你在讀些什麼？」

喬治猶豫了一陣，才說：「我以前從圖書館拿了一張書單，這個暑假正好用得着。」這話他說得有點難過，但為了使嘉覃撒勒尊重他，不得不出此下策。

「這書單列了幾本書？」

「我沒點過，看樣子大概有一百本左右吧。」

嘉覃撒勒先生透過齒縫噓地叫了起來。

「如果我把這些書讀完」，喬治煞有其事的繼續説道：「我學問將得益不少。當然，我這裏所指的學問，與在學校裏所講授的不同。我要學一些有別於他們的東西。但我恐怕你不懂我的意思吧？」

嘉覃撒勒點頭表示懂，説：「但是一個暑期讀一百本書，會不會太吃力點？」

「説不定得多花點時間。」

「等你讀了一些，我們一塊兒吹吹牛皮，好不好？」嘉覃撒勒説。

「我讀完時再説罷。」

説完後，嘉覃撒勒回家，而喬治則繼續散步。這次談話後，喬治曾一時衝動要改變生活方式，但仍然故我。他如常在晚間散步，如常在回家前跑到公園去。一天晚上，鄰街的鞋匠在喬治路過時留着他講話，説他是個好孩子。喬治猜想嘉覃撒勒先生一定是把他的讀書計劃向他説了。由此一傳十，十傳百。這一點喬治可從街上碰到他的人的態度看出來。他們雖沒對他説話，但臉上都是笑容可掬。因此，他開始對此地區的人漸具好感，同時來回往返間也不如以前那麼侷促了。當然，這並不等於説他對這地方喜歡得願意在此終老。在此之前，他對此地的街坊鄰里，既説不上有惡感，亦沒有好感。這不是他的過錯，是環境如此。最令他詫異的是，他父親和姊姊也知道他

的「自修計劃」了。他父親怕難為情，沒對他說什麼（他父親從來就不大愛說話）。但他姊姊對他卻關心多了，而且在許多地方有意無意間讓他知道，她對這個弟弟極感驕傲。

　　暑假一天一天的過去。喬治因心情好，對什麼事物也覺得稱心順意。為了對蘇菲表示一點心意，他每天清理屋子一次；對球賽的消息，也更感興趣了。蘇菲現在每週給他一塊錢花用。雖然錢不多，花起來時得一毫一分的盤算過，但較諸以前雞零狗碎式的零用，真是不可同日而語了。這一點點錢，他泰半是用來買香煙，偶爾也喝瓶啤酒和看場電影。錢雖少，卻玩得喝得痛快。由此看來，如果我們懂得怎樣享受的話，人生並不如想像中那麼可怕呵。偶然一次，他從書報攤裏買了一兩本平裝書回來，高高興興的放在自己的房子裏，但從未翻來看過。蘇菲帶回來的消閒書報雜誌，他則一字不漏的看完。晚上的一段時間，他最覺得快樂了。散步時路過一排排的商店，他察覺到坐在門口乘涼的商店老闆，都極看重他了。他腰身挺挺的走着。雖然他們交談的機會不多，但他直覺地知道他們對他的所為，極表嘉許。有兩天晚上，情緒特別好，連公園也沒有去了，只在附近漫步而走。這裏一帶的人都認識他。他做孩子的時候，每遇球賽，就跑到這兒來玩。散步後，就回家解衣入寢，心頭感到有說不出的舒暢。

　　好幾個星期來，他只跟嘉覃撒勒談過一次話。雖然他對喬治讀書的計劃隻字未提，但這種默默無言的態度，卻令喬治有點

神經緊張。他因此有好一陣子沒打從嘉罩撒勒先生的門前走過。但一天晚上，他忘了，打從另一個方向走近嘉罩撒勒的家。時已深夜，街上除一二行人外，已無人迹。但嘉罩撒勒先生竟然仍坐在門階上，靠路燈照射下來的光線讀他的報紙！他一時衝動之下，幾乎要停下來和他談談。他不知道要談些什麼，雖然他老覺得一開了口，就不愁無話說了。不過，隨後想了想，他覺得害怕，最後還是決定不打招呼的好。如果不是與嘉罩撒勒先生太接近，走起路來會被他發現，怕他生氣，他真想就此改道回家。最後喬治還是靜悄悄的走過了街，頭別過一邊去，裝着一邊走一邊要望着商店的飾櫥似的。這行動令他極不舒服。他真怕嘉罩撒勒會因他的行為，突然抬起頭來罵他可惡。但嘉罩撒勒木然不動；汗衫下他汗流如注；他的秃頭在昏暗的燈光下發着亮光。他在讀《紐約時報》，而他肥胖的太太，則憑窗眺望，好像陪着她丈夫閱讀似的。喬治以為她看到他時會大聲叫喊起來，告訴她丈夫。但事實上她的眼睛一直看着嘉罩撒勒先生，動也不動。

　　喬治決定在未把他買回來的幾本平裝書讀完以前，避免與嘉罩撒勒先生見面。但那幾本書，他翻了幾頁，發覺是小説那一類書時，就興趣全失了。不但如此，他對旁的讀物，如蘇菲帶回來的書報，也失掉了興趣。蘇菲看到這些書報在他房內一張椅子上越疊越高時，就問他原因，他乃答説他要忙着看別的東西。蘇菲説這正不出她所料。從此，喬治差不多把一天的時間

花在聽收音機上。當人聲令他心煩時，他就轉收音樂。但他倒把房子清理得乾乾淨淨，而即使遇上一天兩天他因故忘了收拾，蘇菲也沒說話。她對他的態度，一成未變，每週還照樣給他一塊額外的零錢。但對他自己來說，境況已是大不如前了。

但嚴格說起來，實在也沒有壞到什麼地方去。而且，不管白天多難受，一到晚間散步時，就馬上好轉過米。一夜，他看見嘉覃撒勒先生在街上朝着他的方向走來。他本想轉頭就走，但細心一看，知道嘉覃撒勒先生喝醉了。既喝醉，就不會注意他了。這麼想着，他便繼續向前走，幾與嘉覃撒勒先生碰頭。他緊張得胸口透不過氣來。但結果一如他所料，嘉覃撒勒先生一聲不響地由他身邊慢慢走過，身體和面孔一樣板直。但喬治剛要為這次逃出生天而嘆口氣時，他就聽到嘉覃撒勒呼喚着他的名字。嘉覃撒勒先生已站在他身旁，呼吸氣味，一如從啤酒桶裏傳出來的酒味一樣。他凝神的望着喬治，眼色極其憂傷。這一望，令到喬治渾身不舒服；他真想把這醉酒鬼推開一邊，繼續走他的路。

但他實在不能如此對待嘉覃撒勒先生呵！再說，他正從褲袋裏掏出五分錢來，遞給他呢。

「喬治，留着買檸檬冰吃。」

「嘉覃撒勒先生，」喬治說：「今時不同往日了。你看，我已經長大成人了。」

「誰說？你還早呢！」嘉覃撒勒先生說。喬治一時不知如何回答是好。

「你書讀得怎樣了？」嘉覃撒勒問道。他竭力站穩下來，但立不住腳，終於晃了一下。

「還好，」喬治答説，一面覺得臉上有熱刺刺的感覺。

「你還不敢肯定的説『好』嗎？」嘉覃撒勒先生狡猾的笑着問。喬治從來沒見他笑過的。

「我當然敢説，」

儘管嘉覃撒勒先生醉得連站都站不穩，頭晃來晃去，他的目光卻絕不饒人。誰朝着他藍色的小眼睛望得久了，就會有灼目的痛苦。

「喬治，」他説：「如果你能告訴我，你這個暑假所讀的書的任何一本書名，我就為你的健康敬你一杯。」

「我不要人為我敬酒。」

「那麼就隨便告訴我一本我可以和你談談的書吧。如果是好書，説不定我自己也要看看。」

喬治知道自己外表還能保持鎮靜，可是私底下，他的自信心已全面動搖了。

答不出來，只好閉起眼睛。像過了幾個世紀後，再張開來，嘉覃撒勒好像已發了慈悲似的，走了。但他耳朵裏仍彷彿聽到他離開時對他説的話：「喬治，別犯我以前所犯的過失。」

第二天晚上，他怕得不敢離開他的房子。蘇菲勸説了他幾次，但他死也不肯把房門打開。

「你在裏面幹什麼嘛？」

「沒做什麼。」

「是不是在看書？」

「不。」

過了一會，她問：「你把書放在哪兒？除了兩三本一文不值的消閒小說外，在你房子裏我什麼書都看不到。」

他不能把真相告訴她。

「這樣看來，你真不配花我血汗賺回來的錢！我辛辛苦苦的給你賣命幹嗎？你這懶骨頭，還不給我滾出去找一份工作！」

他在房間裏耽了差不多一個禮拜。除了在無人時才偷偷的跑進廚房外，別的時候可說寸步不離。蘇菲最先是破口大罵，後來見他躲在房裏毫無動靜，才改轉了口氣，懇求他跑出來。他的父親亦焦急得哭了起來。但他一樣不肯出來。天氣悶熱得可怕，而他的房間又窄，以致呼吸都感到困難。每吸一口氣，就有吞進一把火的熱刺刺的感覺。

一天晚上，天氣實在熱得不能再忍受了，他乃於早上一時許，跑了出來，瘦得形銷骨立。為了不給人看見，他想躡手躡腳的溜進公園。但事與願違，因天氣炎熱，在街上盡是百無聊賴的人在閒乘涼。喬治感到無以自處，低下頭來走，以圖避過他們。但不久他才知此舉是多餘的，因為他們對他，友善如故。他猜想嘉罩撒勒一定還沒有告訴過他們。大概那天早上酒醒後，他已把事情忘得一乾二淨。這麼想着，喬治便慢慢恢復了信心。

　　但在同一天晚上，喬治在街道的拐彎處就碰到了熟人，問他是否真的讀了這麼多書。喬治説是。那人隨後恭維喬治説，以這個年紀而讀了這麼多的書，真是難能可貴。

　　「嗯」，喬治説，感到鬆了口氣。他希望從今以後再沒有人向他提到有關讀書的事了。兩天後，他偶然碰到嘉覃撒勒先生，果然，他沒提起。但照他的猜想，一定又是嘉覃撒勒先生告訴他們説他已把那一百本書讀完了。

　　一個秋天的晚上，喬治從家裏出來，一逕跑到他多年沒有去過的圖書館裏去。放眼一看，儘是行行疊疊的書。他奮力抑壓着內心的激動，一下子就選了一百本書，然後，靠檯坐下來，開始他的自修計劃。

賬單

　　這條街雖說靠近一條河，但四面為陸地包圍着，磚造的房子，又舊又老，彎彎曲曲的排列着，所以看起來，一點兒也不寬敞。小孩子在街上遊戲時，把皮球向上一拋，舉頭望去，才能看到一小塊青天。在這條街的轉角處，亦即房屋管理人威利‧士雷蓋爾所住的那座黑黝黝的房子的對面，是另一棟大同小異的房子。唯一不同的地方是，潘奈撒夫婦在此開了本街唯一的店鋪（熟菜店），設在這房子的地下室，從門前往下走五級石階，既狹小，又黑暗，你做夢也想不到這裏居然也是個做生意的地方。

　　據士雷蓋爾的老婆說，潘奈撒僅得兩個女兒，而兩位女婿卻又是極為自私自利的人，因此也連帶的影響到兩個女兒的性格。為使自己不致年老無依，潘奈撒夫婦就買下了這個店。（潘奈撒是個退休的工廠工人，為了買這店，把生平的積蓄三千元從銀行都提光了。）有一天士雷蓋爾太太走了進來，四面看了看——其實她與威利在此住了這麼久，對這小食店早已熟悉的了——問道：「你幹嗎要買這個地方？」潘奈撒太太乃興致沖沖的告訴她說，她喜歡這裏地方小，容易經營，因為她丈夫已是六十歲了。他們並不期望在這裏發財，只希望在不用太賣老命的情況下，能自給自

足。他們夫婦二人，經過了幾天幾夜的商議，覺得這店的生意，最少可以養得活他們。她凝視着愛達‧士雷蓋爾失神的眼睛，好像要等她表示意見似的。最後，士雷蓋爾太太說但願如此了。

回家後，她就把這消息告訴了威利，說對面新來的一對夫婦把猶太佬的熟菜店買了下來，並提議說將來如果有機會，不妨從他們買些東西。她的意思是說，主要的食用品他們還是繼續到自助市場去買，但如果有什麼零星的東西，或是在自助市場忘了買的，他們就可以照顧對門鄰居。威利依了她的話。他身材高大，肩背寬闊，臉孔由於整個冬季以來需要每天鏟煤和清理煤灰的關係，弄得滿面灰黑。不但臉上如此，他的頭髮也常弄得灰撲撲的，因為每次他把盛滿煤灰的鐵桶排列在街上等垃圾車來時，被風一吹，煤灰就捲到他的頭髮上去了。想到要買什麼東西時，他就踱過街道，步下石階，走進熟菜店來。他總穿着工裝褲（他解釋說是工作忙不過來），咬着煙斗，在店內邊走邊跟潘奈撒太太閒聊着。潘奈撒先生是個矮個子，背有點駝，站在櫃臺後，堆着笑臉伺候着。威利跟潘奈撒太太閒聊告一段落時，突然想起來要買一毛錢這個，一毛錢那個，但每次的採購總額從未超過五毛錢。有一天，威利突然談起房客們怎樣處處惹他生氣，然後又罵他那刻薄小氣的房東怎樣千方百計要他去那臭氣熏天的五層樓裏做苦差。他說得興高采烈，沒想賬單已到三塊錢了，而他身邊只帶了五毛錢。威利一看，洩氣如喪家之犬，幸好潘奈撒先生清了清喉，告訴他說可以先記賬，隨他幾時

付都可以。潘奈撒先生繼續説，不論做生意也好，做別的事也好，一切皆基於信用。而信用也者，人類天良而已。如果你是個講良心的人，你就得相信別人，而別人也會因此而相信你。這番話，威利聽來有點詫異，因為他從未聽過一個店商如此對顧客説過。兩天後，威利付了那兩塊五毛的欠賬。可是潘奈撒跟他説，他高興賒隨時都行。威利聽後，深深的抽了一口他的煙斗，然後跟着買了許多東西。

他買了兩大紙袋東西回家。愛達一看，大聲問他是否瘋了。威利答説這些東西全是記賬買來的，一毛錢現錢都沒有付。

「我們總有一天要付給人家的，對不對？」愛達大聲説。「他們賣的東西，價錢比自助市場高。」接着，她又説了老話：「威利，我們窮人家，買不起貴東西呵。」

威利當然知道太太的話有理，但寧願捱罵，他仍繼續到對面去買東西，掛賬。有一次，他褲袋裏放着一張摺得破破舊舊的十元鈔票，而所購的東西，只不過四塊錢。但他卻沒有拿出來付，任由潘奈撒記在賬簿內。愛達獲悉此事後，大吵大鬧。

「你這算幹嗎？你有錢為什麼不付？」

他起先沒答話，後來才説他的錢要留來偶爾買些想買的東西。説着，他走進灶爐房，拿出一個包裹來，拆開，裏面是一種鑲珠的黑衣服。

不料愛達看見衣服，卻哭了出來，説她永不要穿這套衣服，因為根據她過去的經驗，除非他做了些虧心事，否則他不會買東

西給她的。但從此以後，她就任由他到對面記賬購物，自己毫不干涉了。

　　威利成了潘奈撒熟菜店的常客。而他們夫婦兩人，亦好像整天等着他來光顧似的。他們住在鋪子樓上的三個小房間內，因此每次潘奈撒太太從窗口看到他時，就跑下樓來。威利從他住的地卜室上來，穿過街道，走下五級石階，推門進店。現在他買東西，從不少過兩塊錢，有時甚至高達五元。潘奈撒唸出每一項貨物名目，然後用一支髒髒黑黑的鉛筆把價錢記在一本活葉記事冊上。登記完畢後，潘奈撒太太就把東西放在一個雙層的大牛皮紙袋內。每次威利一進來，潘奈撒就打開賬簿，用舌頭舐了舐食指，翻過了好些空頁，最後差不多翻了賬簿的一半才找到威利的賬。東西包紮好後，潘奈撒就用鉛筆尖指點着每個數字(潘奈撒這時抬起頭望了威利一眼，看到威利也在盯着他算錢)，看着他用鉛筆在新的總數下劃了兩下，然後闔上賬簿。威利一直咬着那支早已熄了火的煙斗，動也不動。現在看到潘奈撒把賬簿放回櫃臺後面，才醒覺過來，張開雙手，抱着選購的東西就走了。潘奈撒夫婦自動要幫他拿過街去，但總遭他拒絕。

　　一天，威利的欠賬高達八十三元數角。潘奈撒抬起頭，堆着笑容問他何時可以多多少少付一點。第二天，威利就沒有來，而愛達又開始攜着她的菜籃到自助市場去買菜了。現在要是他們在買菜時忘了些什麼，即便是細微如一盒鹽或一磅梅乾，他們也不會再跑過對門去買了。

　　愛達每次從自助市場買菜回來時，就拼命的貼着自己家那邊的街道走，儘量避開潘奈撒的鋪子，離得越遠越好。

　　後來，愛達問起威利究竟有沒有付過一些錢。

　　他說沒有。

　　「那你打算幾時才付？」

　　他說不知道。

　　一個月過去，愛達終於在街道轉角處碰上了潘奈撒太太。雖然潘奈撒太太臉上顯得很不愉快，她卻沒有提起欠賬的事。愛達返家時，又向威利提了一次。

　　「別吵我，」他說：「我已經夠煩的了。」

　　「威利，你究竟煩些什麼呢？」

　　「煩那些他媽的住客和那個他媽的房東！」他大叫後，就把門砰然的關上了。

　　回來時，他說：「我拿什麼東西來付？我這輩子，不是每天都鬧窮麼？」

　　她本來倚桌而坐，這時就伏在桌上哭起來。

　　「拿什麼來付？」他大聲叫道，粗厚多紋的臉忽然亮了亮：「從我身上割塊肉去付麼？拿我眼裏的灰塵去付麼？拿我每天在地板上打掃出來的尿去付麼？拿我睡眠時捱受的寒冷去付麼？」

　　他越說越恨熟菜店內那對夫婦，尤其是那躲在櫃臺後面的駝子，發誓永不還錢。如果他還敢瞇起眼睛對他笑一笑，他一定會把他從地板上舉起來，打斷他的駝骨。

　　那天晚上，他外出喝酒，醉倒路旁溝渠，天明始返。回家時，血絲滿眼，衣服又髒又臭。愛達拿出他們那個死於白喉的四歲兒子的照片給他看，他便忍不住涕淚交流的哭了出來，發誓今後滴酒不沾唇。

　　每天早上他拿着盛煤灰的桶子到街上去等垃圾車的時候，他從不正眼向對面望。

　　「歡迎賒賬，歡迎賒賬，」他模仿着潘奈撒的口氣說。

　　市面鬧着不景氣。房東吩咐威利撙節暖氣和熱水的供應。同時，威利的薪水和其他的開銷費用也減了。各房客大為不滿，整天像蒼蠅一樣跟威利糾纏。他只得告訴他們說他不過是執行房東的吩咐而已。他們不接受這解釋，破口大罵威利，威利便與他們對罵起來。住客打電話報告衛生局，可是派來的稽查員卻說房子雖然漏風，溫度尚合法定限度。各住客仍不滿意，日夕把威利纏個不休。他說實在沒辦法，因為他自己也冷得發僵，但沒人相信他。

　　一天倒垃圾時，偶然抬起頭來，看到潘奈撒夫婦從對面那扇玻璃門後目不轉睛的望着他。朦朧間，他夫婦兩人看來好像一對瘦骨嶙峋的脫毛麻雀。

　　轉過身，他跑到鄰街一間大廈的管理人那裏借了一把扳頭。回程時，剛才所見的潘奈撒夫婦，使他想起了家中地板縫裏鑽出來的兩堆枯萎無葉的草叢。從這兩堆草叢他似乎能看到潘奈撒熟菜店中空空如也的貨架。

　　春天一到，青草的新苗便從行人道上的裂縫裏鑽了出來，他便對愛達說：「一有機會我會一起清還給他。」

　　「怎麼清還？」

　　「我們可以節省些錢。」

　　「怎麼節省？」

　　「我們一個月可節省下多少？」

　　「一毛錢也沒有。」

　　「你私下藏了多少錢？」

　　「再沒有什麼好藏的了。」

　　「那麼我會一點一點的攤還給他。耶穌在上，我說過了就做。」

　　問題是，他們想不出賺錢的方法來。有時候，大概是由於一天到晚忙於盤算發財方法的關係，想昏了，竟先想到自己付賬時，會是個怎麼樣子。他一定會用一條粗橡皮圈把那疊鈔票紮好，然後步上樓梯，穿過街道，走下五步石階，直抵潘奈撒夫婦的店鋪。他會這樣對潘奈撒說：「喏，老頭子，這就是你等着要的錢。我想你決想不到我居然會還給你罷。也難怪你，誰也想不到，有時我自己也想不到，可是，現在都在這裏了，全是一元現鈔，用橡皮圈捆好。」跟着他便將那捆鈔票稍為拿高了一些，以下棋時的穩重手勢，端端正正的將鈔票放在櫃臺的中央。這時候，駝子和他的太太兩人一同爭着打開包，每數一張鈔票，即怪叫一聲，對於這麼多一元鈔票，竟捆成那麼一小捆，十分驚異。

　　這是威利的夢想，但一直未能實現。

　　但他真的是一點也不含糊的拼命去追求這夢想實現。他每天一早起床就擦樓梯，從地窖一直擦到屋頂，先用肥皂和硬擦子擦淨，然後再用拖布抹乾。之後，他把各種木器也擦淨，然後又把樓梯扶手的小柱一一塗上油，使沿着彎彎曲曲的樓梯閃閃生光。他又用一塊乾布，沾上擦銅水，把擺在門廳內每個房客的信箱都擦得明亮照人。在信箱上，他看到自己異常憂鬱的臉，新近才留的鬍子，黃得出奇。頭上戴的那頂黃褐色的軟便帽，是他從一個遷出房客所遺留下來的垃圾裏撿出來的。愛達常幫他忙，夫婦二人合力把地窖和天井清理得乾乾淨淨。天井裏的曬衣繩張掛得橫七豎八，清理起來時，得俯下身去，好不辛苦。對房客的要求，如修理水槽或廁所等，他們真是有求必應，儘管那房客是他們平日討厭的。他們夫婦二人，每天工作得筋疲力盡，但一如他們所料，收入毫無增加。

　　一天早上，威利在擦信箱時，看到自己的信箱內有一封信。他脫下便帽，拆開信封，把信拿到亮處去讀。這是潘奈撒太太寄的，字體一斜一歪。她說她丈夫病了，家裏沒錢，他可否先付十塊錢，其餘慢慢再算。

　　他把信撕得粉碎，跟着跑到地窖去躲着，整天不出來。晚上愛達在街上找了他好半天，沒找着他，結果卻在火爐旁那堆熱水管子附近找着了他。她乃問他躲在那裏幹嗎。

　　他把潘奈撒來信的事告訴了她。

　　「但躲起來也是沒用呵，」她也是毫無辦法的説。

「但我該怎辦？」

「睡覺吧，我想只好這樣。」

他便去睡了，但第二天早上，翻開被，穿上工裝褲，拿起大衣搭上肩頭，走出屋子。在街口轉角處，他找到了一家當鋪，把大衣押了十元錢，滿心歡喜。

但他跑回來時，卻看見一架像靈車之類的車輛停在他家對面，兩個穿着黑衣的男子正忙着把一個窄小的木板棺材扛出屋子。

「誰死了？是不是個孩子？」他問其中一個房客。

「不是，一個叫潘奈撒的。」

威利說不出話來。他的咽喉變得僵硬。

那兩個穿黑衣的男人把棺木擠出了前門後，潘奈撒太太跟着便走了出來，孤零零的哀愁滿臉。威利別過頭去，雖然，他不相信潘奈撒太太會認出他來，因為現在他蓄了鬍子，戴上了便帽。

「他怎麼死的？」他低聲向那房客問道。

「我實在不知道。」

但跟着在棺木後面的潘奈撒太太卻聽到了。

「老死的，」她回頭尖聲說。

他想說些安慰話，但舌頭挺在嘴裏，正如掛在樹上的枯葉。他的心灰黯如一面漆黑的窗。

潘奈撒太太搬走了，先住在一個冷若冰箱的女兒家，再搬到另外一個女兒家去，處境完全一樣。

而那張賬單，一直拖欠未付。

借錢

　　李乙所做的麵包，色香味美，往往在未出爐前，就招徠了一大堆顧客。老闆娘伯絲 (李乙的第二任太太) 站在櫃檯後，眼觀四面，耳聽八方。突然，在這堆熟客裏面，她看到了一個陌生人，身材瘦弱，面貌長得疙疙瘩瘩的，戴着一頂常禮帽，站得疏疏遠遠，毫無爭先恐後之意。雖然從外表看來，他毫無惡意，但她卻一下子起了戒心。於是，她乃以眼色向他示意，問他要什麼，他謙卑地點了點頭，意思是說他不在乎多等一下 (即使要永遠等下去，也得等的。) 但他的苦況，伯絲一目瞭然：他所受的折磨和痛苦，一一顯於臉上。而他對此，亦毫不作態掩飾。伯絲看了，有點害怕。

　　她匆匆的把顧客一一的「應付」了以後，便目不轉睛的望着他。

　　他用手點了點他的便帽，說：「我叫高寶斯基。請問你一下，李乙在不在？」

　　「你是他什麼人？」

　　「他的老朋友」——這更令她提心吊膽了。

　　「你從哪兒來？」

　　「我四海為家。」

「你為什麼要看他？」

這實在是存心侮辱，故他不想作答。

李乙在鋪子的後面，聽到了聲音，便着了迷般，跑了出來，襯衣都沒穿上，沾滿了麵粉。頭上戴着的，不是帽子，而是一個黃牛皮紙袋，也是沾滿了麵粉。總之，他渾身粉白——老花眼鏡是粉白色的、臉是粉白的——乍看起來，倒像一個挺着人肚皮的「福氣鬼」。但名副其實像個鬼的，是他眼前的高寶斯基，不是他自己。

「高寶斯基！」李乙叫着，高興得幾乎哭了出來。一看到了高寶斯基，就想起了多年的往事。其時，他倆尚年輕，而環境與今多麼截然不同呵！這麼想着眼淚都流出來了，乃揮手擦去。

高寶斯基脫下帽子（他的頭已禿得七七八八了，而李乙的頭髮僅灰白而已），以一塊潔白的手帕抹着發紅的額頭。

李乙拿着櫈子，一步跳上前，說：「坐下來吧，高寶斯基。」

「不要在這兒坐，」伯絲喃喃地說。

「晚飯時間快到，等一下客人就一窩蜂的擠着來的，」她向高寶斯解釋着說。

「我們還是跑到裏面去談罷，」高寶斯基點頭同意的說。

因此他們乃跑到鋪子裏去，也樂得清靜。但事有湊巧，晚飯時竟無人來光顧，伯絲乃趁機跑進來聽他們談話。

高寶斯基垂着肩，踞着一張高櫈，在房內一角坐着。他的帽子和黑大衣仍沒有脫去，雙手僵直，露着青筋，呆呆的放在兩條瘦

腿上。李乙則坐在一個麵粉袋上，透過老花鏡，睨着高寶斯基。伯絲靜心聽着，但她的客人卻默不作聲。李乙覺得尷尬，乃先開了口——想當年，哎呀！世界變了，老兄，我們都老了，你還記不記得我們初到此地時的寒傖情形？我們還同在一家夜校讀書呢！

「動詞，第三身，單數，現在式——」他嘰哩咕嚕的唸着這些文法規則。

高寶斯基仍苦着臉，一語不發。伯絲拿着擦布，在他們間不耐煩的抹來抹去，偶然又回頭望望鋪面，仍然是空空如也。

李乙不想場面落冷下去，乃唸起詩來，希望藉此提起老朋友的興致。「『來呵，』風一天對樹說：『到這草地來和我一同玩罷。』還記得麼，高寶斯基。」

伯絲用鼻子呼呼地嗅着。「李乙，麵包！」

李乙一躍而起，大步走到煤氣烤爐去，關了火，然後一盤又一盤的把烘得褐色的麵包及時拉了出來，放在以錫皮鋪面的檯子上。

伯絲因逃過此一險着而額手稱慶。

李乙向鋪面瞧了瞧，然後得意地說：「客人來了。」她氣呼呼的跑進去了。高寶斯基舐了舐唇，看着她走。李乙又開始忙着揉生麵糰，準備下一次烘麵包的工作。不久，一切就緒，但伯絲卻在這時回來了。

新烤麵包的氣味，又甜又香，分散了高寶斯基的注意力。他捵着胸，深深的吸着這種香味，有如沐浴春風的感覺。

「呵，這種香味，」他幾乎哭了出來：「真是香得醉人欲倒。」

「那是眼淚調出來的香味。」李乙指着一大盤生麵糰説。

高寶斯基點了點頭。

三十年來——李乙向他解釋道——他一直窮得不名一文。一天他悲從中來，哭得眼淚都掉到生麵糰裏去。説也奇怪，自此以後做的麵包竟大行其道，顧客趨之若鶩。

「我做的餅糕，他們並不怎麼喜歡，可是為了要買我的麵包，他們走多遠也不在乎。」

「李乙——」他低聲叫了一下。

雖然李乙力持鎮靜，但也不禁抖了一下。

高寶斯基轉眼向鋪面再望了一望，看清了伯絲仍在外面。然後眉毛揚了揚，準備對李乙説話。

但李乙依舊一言不發。

高寶斯基輕鬆咳了一聲，清清喉，説：「李乙，我要兩百塊錢應用。」他聲音已嘶啞。

李乙聽後，身子向麵粉袋一沉——猜的果然不錯。自高寶斯基出現後，他心中就多了這樁心事，更勾起了十五年前的一件不快的往事來。高寶斯基借了他一百塊錢，照他自己説是還了，但李乙記得沒有。就為這件事，兩人絕了交。他為此生了好一陣子氣，好不容易才把這件事情忘記。

高寶斯基低下頭。

最少你也得承認自己的過錯呵，李乙心想，一面狠起心來不説話，等他説話。

高寶斯基定了神的看着自己癱瘓了的雙手。他從前幹的，是皮裘業裁剪的工作，後來患了關節炎，失了業。

李乙也是定了神的望着自己的身體。他患了脫腸病，腰間還繫着繃帶。一雙眼睛都是白障眼，儘管醫生向他擔保說動手術毫無危險，他仍不敢開刀。

他嘆了口氣。原諒他罷，何必記着舊賬呢？反正看都看不清楚了，這麼認真幹麼？

「我自己絕無問題，但她」——李乙瞧着鋪面點了點頭：「她是我第二任太太，這裏一切都在她名下。」說着，他攤開兩手。

高寶斯基閉起雙眼。

「但我會問她看看，——」李乙說，但一點把握都沒有的樣子。

「我太太要——」

李乙舉手制止他：「別說下去。」

「告訴她——」

「由我來講好了。」

他拿起掃帚，在房內胡亂的打掃了一陣，弄得白粉飛揚。

不久伯絲氣喘喘的跑了回來，把他們兩人由頭到腳的看了一眼後，就一語不發，守着他們。

李乙把放在水槽的瓶子鍋子匆匆的洗刷乾淨，又把盛麵包的盤子放回櫃子下面，把出了爐的麵包堆好，然後再回頭看看正在爐子裏烤着的麵包，直至弄妥後才放心。

面對着伯絲，李乙驟覺大汗淋漓，渾身發燙，連他自己也嚇了一跳。

高寶斯基本是「坐」在樅上的，現在縮成一團。

「伯絲，」最後，李乙總算説了話：「這位是我的老友。」

她神態莊嚴的點了點頭。

高寶斯基脱下帽子。

「我小時候，他媽媽常常照顧我。我移民移到這裏來時，他也幫了我好幾年的忙。他的太太多娜，哎，人真好，哪一天你們真該碰碰頭。」

高寶斯基低聲呻吟着。

「是呀，為什麼你一直不給我介紹？」伯絲説。她和李乙結婚，於茲雖已十二年，但對李乙第一個太太所享受過的各種好處，仍懷妒意。

「你總會看到她就是了。」

「你還沒有答覆我呢，你為什麼一直不介紹給我？」

「李乙——」高寶斯基好像討饒的叫着他。

「因為我自己也有十五年未見過她了，」李乙終把真相説了。

「為什麼？」她毫不放過的繼續問下去。

李乙猶豫了一下才説：「一場小誤會。」

高寶斯基別過了臉。

「是我不好，」李乙説。

「你要我把事實説出來麼？那是因為你從不出外應酬，因為你老躲在店子裏，因為你從不把朋友看得重要。」伯絲嘩哩嘩啦的把肚裏藏着的話都吐出來了。

李乙默然承認。

「現在她病了，」他也把話説了出來：「醫生説要動手術，費用得要兩百塊錢，我答應了高寶斯基——」

話還未説完，已聽見伯絲喊叫。

高寶斯基馬上從櫈子跳下，手執着帽。

伯絲一手按胸，舉起另一隻手臂掩眼，身體搖搖欲倒。李乙和高寶斯基見狀，趕上前去要扶她，但她並沒有跌倒。高寶斯基乃急忙退回原位，李乙則回到水槽去。

伯絲的臉蒼白得像麵包心一樣，但態度極其鎮靜，對高寶斯基説：「我很同情你太太的境遇，但我們無法幫助你。很對不起，高寶斯基先生，我們是窮人家，實在有心無力了。」

「沒有這回事，」李乙叫道，氣惱起來。

伯絲大步跑到一個架子上，一手取下那個存賬單的盒子來，把賬單盡數倒檯上，弄得紙片飛揚。

「你看這是什麼東西？」她嚷着説。

高寶斯基縮起了肩膊。

「但伯絲，我們在銀行裏有存款——」

「沒有！」

「我看過銀行存摺。」

「就算你存了幾塊錢，又怎樣？你買了人壽保險沒有？」

他答不出話來。

「就算你要買，人家也不一定要賣給你！」她挖苦的説。

前面鋪門砰砰砰砰的響個不停，顧客來得絡繹不絕，伯絲出去招呼他們。

他們兩人在店後瑟縮如驚弓之鳥。高寶斯基嶙峋的手指，正忙着扣上大衣的鈕扣，準備要走的樣子。

「坐下來，」李乙嘆氣說道。

「李乙，真抱歉。」

高寶斯基坐了下來，愁容滿面。

看到伯絲把客人一一打發了後，李乙就跑進鋪面去。只見他對伯絲低聲說話，幾近耳語，而伯絲也一樣壓着嗓子答他。但沒多久他們就吵起來了。

高寶斯基從橙上滑了下來，跑到水槽去，濕了半截手帕，蓋着發熱的眼睛，然後將濕手帕摺好，放回大衣袋去。隨後又取出小刀來修指甲。

他們進來時，李乙一邊走，一邊向伯絲說情，說這些日子來他工作得怎樣怎樣的辛苦，才積下了這些錢來，現在朋友有急需，如果不拿出來幫他忙，那麼人生所為何來？但伯絲依樣充耳不聞。

李乙瞪着他，又氣又憤；伯絲則終別過面去，不去看他。

「我看我還是把話說了罷，李乙，」高寶斯基嘆說：「不錯，我是為了多娜來借錢的，但並不是為了給她看病。她已經死了。」

李乙哎喲一聲叫了出來，痛苦得搻着手。

伯絲也轉過頭來，正面看着高寶斯基，臉色蒼白。

「不是最近死的，」他心平氣和的説：「是五年前的事了，」
李乙苦哼了一聲。

「我跟你借錢的原因，是想給多娜買一塊墓石。我一直買不起。下個星期是她逝世五週年紀念日。每年我總是對她説：『多娜，我今年一定給你買墓石。』但話説了五年，都未兑現。」

一想到多娜的墳墓，自下葬後日夕無遮無蓋，高寶斯基就覺得羞愧交集。本來，好久以前，他付了五十塊錢定銀，給她選了一塊石碑，連名字都給她刻好，但一直就湊不夠餘錢去取回來。不幸的事接踵而來。先是動手術要花手術費，第二年他又因關節炎發作，不能工作。第三年又碰到他的一個守寡姊妹的獨子去世，高寶斯基收入雖然菲薄，卻又不能不照顧她。第四年，生了大瘡，使他自慚形穢到不敢在街上走。今年可幸他能工作了，但所入僅足衣食，哪裏買得起墓石呢？他真擔心有一天他去掃多娜的墓時，她的墓卻不見了。

李乙的眼淚奪眶而出。瞧伯絲一眼，竟看到她頸項和肩膊微微顫動着，心想她一定也受感動了。他總算贏了一仗！她現在會答應拿錢出來了吧？借了錢給高寶斯基後就可以大家一塊兒吃飯了。

但伯絲儘管因高寶斯基感動得流出淚來，借錢的事，一樣不肯讓步，而且出其不意的，她也把自己的一段傷心事説了出來。原來她還在孩提的時候，共產黨來了，把她父親抓了去，赤着腳在雪地上走。槍聲一響，驚散了樹上一大群畫眉鳥，雪地上也

紅了一大片。及長,與一會計師成婚。丈夫溫文爾雅,彬彬有君子風,是當時當地極不可多得的人物。但不幸的是,婚後一年他患了傷寒,病逝華沙。數年後,她悲痛之餘,乃投靠於一位在德國的兄長。後希特拉崛起,這位兄長於戰爭爆發前,犧牲了自己的機會,把妹妹送到美國去,而自己則與其太太及兒女,喪命於希特拉的焚化爐中。

「我抵美後,碰上了李乙這個窮光蛋,既窮得一文不名,又毫無人生趣味。也不知是什麼冤孽,我竟嫁了給他,從此日以繼夜,經過了十二年胼手胝足,才創出這一點點的小門面來。但你知道李乙身體不好,眼睛又有毛病。這還不算,譬如說——講句不吉利的話——譬如說他突然死去,那我孤零零的怎麼辦?沒有積蓄,誰來照顧我?」

這些話,李乙已不知聽過多少遍了,因此也就不大理會,一邊聽,一邊啃着麵包。

伯絲說完時,他也剛好吃完,隨手把麵包皮扔了。高寶斯基則用手掩着耳朵。

房間的氣味,有點不對,伯絲抬起了淚流滿臉的頭來,用鼻子哼哼地嗅着,跟着大叫一聲,便飛也似的跑到後面的烤爐去,用勁一擰,把爐子的開關扭開。一陣黑煙沖着她出來。裏面的麵包,已成黑炭。

高寶斯基與李乙互相擁抱,為他們失去的青春而嘆息一番。他們嘴對嘴的親了一下,從此就不再見面了。

魔桶

　　不久以前，在紐約上城一間細小而簡陋，裏面藏書堆積如山的房子中，住着一個在耶士華大學攻讀猶太神學學位的學生，名叫李奧・費高。經過六年寒窗苦讀，費高將於六月中取得學位，跟着就會到一教區去當牧師了。朋友勸告他說，如果他想「教務興隆」的話，最好是先結婚。此意雖善，但平時他既無對象，現在往哪裏去找？經過了兩天窮思極索後，他決定依着《前鋒報》上兩行廣告的指引，找婚姻經紀彬耶・沙士曼來幫忙。

　　於是，一天晚上，在費高所住的這所灰石建成的公寓四樓門廳內，沙士曼出現了，手上拿着一個破破爛爛的公事包。這個為人牽線有年的月老，身材雖矮小，但看來極其莊重。只見他頭戴一頂舊帽子，身穿一件又短又窄的大衣，一進門來，渾身透發着魚腥味——他最愛吃魚。雖然他的門牙掉了幾顆，眼睛濕漉漉的，他樣子並不令人討厭，大概是歸功於他那平易近人的態度。儘管他的聲音、嘴唇、那撮小鬍子和那瘦骨嶙峋的手指顯得極為有勁，但一安歇下來時，他那柔和的藍眼睛便馬上湧現出重重憂鬱。他這種特色，對李奧目前緊張的心情極有緩和神經的作用。

　　他馬上就告訴了沙士曼他為什麼要找他幫忙的原因。他說他住在克利夫蘭市，除了住在那兒的父母（他們結婚相當晚）外，什麼親人都沒有，他說自己六年以來，日夕埋頭於功課，無暇兼顧社交生活，是以一直交不到異性朋友。為此原因，他覺得與其自己貿貿然的去碰運氣，不如請一個對此有經驗的人來幫忙幫忙好，一來可免種種的折磨，二來可免許多尷尬的場面。接着，他附帶的告訴沙士曼說，他認為婚姻經紀這一行業，不但體面，而且由來已久，在猶太人的社會中，尤受重視，因為他們實事求事，既能將良緣撮合，而受惠者也不會因此而減少其中樂趣。最現成的例子就是他自己的父母，他們的婚姻也是憑媒撮合的。這一段婚姻，站在經濟觀點來講，雖乏善足陳（因他們兩人任何一方都是家無恆產），但若以愛情而言，則他們兩人婚後相愛不渝，可說婚姻美滿。沙士曼靜靜的聽着，有點兒覥覥，也有些兒詫異，但他意識到費高說這些話，無非是替自己打圓場。奇怪的是，費高說了這些話不久，沙士曼驀地對他自己的工作，感到無限驕傲。這種感覺，他好幾年沒有體驗過了，為此他對費高存了感激之心。

　　閒話過後，二人乃言歸正傳。李奧把沙士曼帶到房間中的唯一光亮處，一張靠近窗口的桌子。從窗口望出去，就是華燈初上的紐約市。他坐在沙士曼旁邊，面對着他，一面運用其堅強的意志力去抑制着喉頭的騷癢。沙士曼把公事包的皮帶解開，掏了一疊薄薄的、翻弄得霉黃的卡片出來，然後把鬆鬆的套在上面的一

條橡皮帶拉開，叭搭叭搭翻動着這疊卡片。李奧受不了這種聲音和動作的干擾，故意凝神窗外，裝着沒有看見他的樣子。現在雖然仍是一月，然從窗外看去，殘冬景象，已餘無幾。他對窗外事物的注意，這還是多年來的第一次呢。他正望着天上一輪明月，浮游於狀如鳥獸動物的雲層中。最令他看得口張目呆的，是當一片貌如大母雞的雲層，把月亮吞了進去，而不久月亮又從尾巴溜了出來，好像一隻新生的雞蛋。雖然沙士曼現在戴上眼鏡，裝着忙於翻看卡片的樣子，但常常禁不住的去偷看李奧幾眼，心喜這青年長得眉清目爽，鼻子長長而峻峭，有學者之風。褐色眼睛，大概因平日好學深思的關係，顯得深沉穩重。嘴唇看來很敏感，但不失其堅忍不拔之氣。兩頰清癯，微見黝黑。

看到他擺在房中的一架子又一架子的書，他按不住心中暢快之情，輕輕的嘆了口氣。

李奧的目光落在攤在沙士曼手中六張卡片上。

「才這幾張？」他微帶失望的問。

「你才不知我辦公室內藏了多少張卡片呢！」沙士曼答道：「抽屜都塞滿了，我只得放在一個桶子內。但話說回來，難道每個女孩子都佩得上一個新牧師麼？」

李奧臉紅起來，後悔在履歷一項內把有關自己身世的一切，都完完本本的告訴沙士曼。在他填寫這份表格時，他以為把自己的要求和標準，說得越清楚越好，不料這一來，連不必向他講的話也講了。

猶豫了一回，他問：「你有沒有把顧客的照片帶來？」

「先講家庭背景、嫁妝，和婚後前途，」沙士曼回答說，一面解開他那件緊身的大衣的鈕扣，一面坐下椅子來：「然後再看相片好麼，牧師？」

「叫我費高先生好了，我還沒有當牧師。」

他滿口答應着，但不久卻把李奧改稱為博士。然後，當李奧不大注意聽他說話時，又依舊以牧師稱之。

沙士曼調整了一下他的玳瑁眼鏡，清了清喉，就用虔誠的嗓子唸着第一張卡的內容：

「蘇菲亞P，廿四歲。寡居一年。無小孩。大學二年級程度。娘家備嫁妝八千元。現營批發業及房產業。業務極佳。母親出於書香門第，祖先輩曾從事教育事業有年。其中一人曾為演員。居於第二街，鄰里均重其名。」

李奧驚訝得翻了翻眼。「你說寡婦？」

「但寡婦並非就是巫婆呵，牧師。她和她丈夫相處，滿不了四個月。他身體本來就有問題。她嫁他，實是一大錯誤。」

「但我從未想到要娶一個寡婦。」

「這就因為你缺乏人生經驗的緣故。娶太太要是能娶到一位像蘇菲亞那樣年輕而健康的寡婦，那實在理想不過，因為她會終身感激你。不瞞你說，要是我現在還未結婚的話，我一定會娶個寡婦。」

李奧想了想，就搖頭。

　　沙士曼縮了縮肩膊，不着形迹地表露了他的失望。他把那張卡片放在木桌上，翻了另一張來讀。

　　「莉莉 H。中學教員。全工全薪，並非候補教員。有積蓄，並置有新道奇牌汽車。曾在巴黎住過一年。父為一名牙醫，開業垂三十五年。對象以有專門職業者為理想。家庭環境完全美國化。良緣勿失。」

　　「我和她是私交，」沙士曼説：「你該看看這女孩子。她真是個秀外慧中的可人兒。你可日以繼夜的和她談文藝、電影，或戲劇等等。此外，她的普通常識也異常豐富。」

　　「你大概還未提到她的年紀吧？」

　　「年紀？」沙士曼説，眉毛揚了揚：「她現在是卅二歲。」

　　歇了一會，李奧才説：「那年紀大概大了一點吧？」

　　沙士曼強笑了一下。「那牧師你自己多大呢？」

　　「廿七歲。」

　　「那可不是嘛，廿七歲與卅二歲，差不多嘛！我老婆就比我老七歲。你瞧我，我在哪些地方吃虧了？一點兒虧都沒吃過！現在譬如説，大亨羅夫賽的女兒要嫁你，你會不會在乎她的年紀？」

　　「會的。」李奧淡淡地説。

　　沙士曼裝着沒聽見，繼續説：「五年之差，算什麼？你聽我説，你若跟她相處一星期，這點年齡上的懸殊，就會忘得一乾二淨。一個女孩多活五年，就會比她少五歲的女孩多增一分經

驗，多長一分見識。尤其像莉莉這樣一個女孩子。唉，這些日子真沒白過。真是老一年比一年更可愛。」

「她在中學裏教什麼？」

「語言。她說法文，悦耳如音樂。我幹這行已幹了二十年了，牧師，我說話極有分寸，不輕易隨便推薦顧客，而我現在全力推薦莉莉小姐給你。」

「下一張卡片是什麼？」李奧驟然問道。

沙士曼勉強翻看第三張卡片：

「露芙K。十九歲。優異生。娘家願出現款一萬三千作嫁妝。父業醫，為胃科專家，業務極佳。姊夫自營服裝生意。家中各人，地位超群。」

沙士曼讀這卡片的內容時，好像是翻着手上的一張皇牌。

「你說十九歲？」李奧感興趣了，問道。

「依書直說，並無虛言。」

「好不好看？」他臉紅起來：「我是說漂亮不漂亮？」

沙士曼吻了吻他的指尖，說：「呀，真是個不折不扣的小迷湯！我這麼說毫不誇張。今天晚上我就找她父親去，慢慢你就知道什麼叫做『小迷湯』了。」

但李奧有點兒不大放心。「你未弄錯吧，她真的這麼年經？」

「絲毫不爽。她父親可給她的出生證你看。」

「那你確知她沒什麼毛病吧？」

「毛病？誰說過毛病來了？」

「我就不明白為什麼一個像她年紀的美國女孩要求助於婚姻經紀。」

沙士曼臉上露出一絲笑意。

「理由還不是跟你來找我一樣。」

李奧紅了臉。「我是沒時間呵！」

沙士曼察覺到自己的話說得不當，連忙解繹說：「是她父親來找我的，她自己沒來。他因要女兒嫁得好，所以自己親自來物色。一旦我們給他找到條件符合的男孩，他便會親為女兒介紹，並從旁鼓勵。對於一個沒經驗的少女來說，這種父母做媒會比自己挑選的好。我相信不說你也不知道。」

「但是難道這女孩子不相信愛情？」李奧有點不大自然的說。

沙士曼幾乎要呵呵大笑起來，但幸好及時制止，肅容道：「愛情是要碰到了適當的人後發生的。」

李奧動了一下他那張發乾的嘴唇，欲言又止。但當他看到沙士曼的眼光溜到下一張卡片時，他乖巧地問：「她的健康怎樣？」

「十全十美，」沙士曼說，呼吸顯得有點困難：「除了她的右腿在十二歲時因車禍變得有點兒跛外。但她人既聰明又漂亮，誰會注意這些呢！」

李奧憤然站起，走到窗前。他現在有點兒悔不當初，責備自己為什麼要惹上了這個婚姻經紀。最後，他搖了搖頭。

「為什麼？」沙士曼毫不放過的問，聲音也逐漸提高。

「我討厭胃科專家。」

「他老子幹什麼活跟你有什麼關係？你娶了她以後你還要他幹什麼？誰敢迫你每個週末請他來你家？」

沙士曼這種說話的態度，令李奧異常尷尬，不得不將他遣走。這月老乃怏然而去，眼睛沉重而悒鬱。

婚姻經紀走後，李奧雖然鬆了口氣，但第二天起來，情緒極壞。他將此歸咎到婚姻經紀的無能，未能給他找到理想的對象。他對沙士曼手上那一批顧客，實在不感興趣。但當他自己盤算着應否「另請高明」時，他懷疑自己的婚姻是否真的需要憑媒撮合。這與他昨天對沙士曼所講的那番話，自然是自相矛盾了。再說，他父母的婚事也靠此而撮合的。他急急忙忙的把這念頭撇開，不再想下去，但情緒卻未因此好轉。整日整夜他在林中走來走去，忘了一個重要的約會，忘了拿衣服去洗，在百老匯一自助餐室吃飯後忘了付賬，害得多跑一大段路回去補付。這還不算，在路上，房東太太和她的友人向他禮貌地打招呼，「費高博士，你好，」他竟認不出是誰來。幸好靠傍晚時，他情緒開始平靜起來，一翻開書本後，他更覺心平氣和了。

就在他心情一安靜下來時，敲門聲響了。他還來不及說請進，沙士曼已站在他房內了。他面色清瘦而蒼白，站立得飄飄渺渺，令人產生一種隨風而逝的感覺。但縱然如此，由於他操縱肌肉得宜，表面看來，他一樣是笑容可掬的。

「你好，我進來談談，不妨事吧？」

李奧點點頭。他實在有點怕見他，但又不想叫他離開。

　　沙士曼仍是笑容未斂，把公事包放在檯上後，說：「牧師，今天晚上給你帶好消息來。」

　　「我跟你講過，別叫我牧師，我還是學生。」

　　「這消息將你所有的疑慮一掃而空。我給你帶來了第一流的人選。」

　　「求求你讓我耳根清靜點，好不好？」李奧裝着興趣索然的樣子。

　　「你若與這小姐結婚，那真是佳偶天成。」

　　「但先讓我補充補充氣力再說，」沙士曼有氣無力的說。他在公事包的皮帶上瞎摸了一番，在皮包拉出了一個油澄澄的紙袋，打開，裏面原來是一條硬硬的芝麻麵包和一條小白燻魚。一反手，沙士曼就把魚皮剝掉，然後就狼吞虎嚥起來。「整整忙了一天。」他嘰哩咕嚕的說。

　　李奧看着他吃。

　　「你沒有番茄，給我弄一塊成不成？」

　　「沒有。」

　　沙士曼只好閉起眼睛來啃他的麵包。吃完後，他小心翼翼的將麵包碎和燻魚骨包在紙袋裏。透過近視眼鏡，他目光在房中瀏覽了一週，在書堆中，他看到一個單噴口煤氣爐。脫下了帽子後，他卑屈的問：「可不可以煩你弄一杯茶，牧師？」

　　李奧實在覺得有點良心不安，乃站起來替他泡茶，並在茶裏放了一塊檸檬，兩塊方糖，弄得沙士曼開心不已。

茶喝過後，沙士曼精力馬上恢復過來。

「怎麼樣，牧師，」他親切地問道：「昨天我給你介紹過的三位女士，你有沒有再考慮過？」

「用不着再考慮了。」

「為什麼？」

「沒一個合我意的。」

「那你告訴我，你認為哪一類才合你意？」

李奧沒答他，因他自己也說不出來。

沒等李奧答話，沙士曼就跟着問道：「你還記得我昨天給你提過那個女孩子麼——我是說那個中學教員？」

「三十二歲的那位？」

沙士曼的臉上意外地閃出一絲笑意。「二十九歲。」

李奧瞪了他一眼。「一下子減了三歲？」

「那是我的錯。」沙士曼向他保證說：「今天我跟她父親——那位牙科醫生——談過。他把我帶到他的保險箱去，拿了她的出生證給我看。她是去年八月過廿九歲生日的，他們還去她度假的山上給她開了個慶祝會。她父親第一次和我談到她時，告訴了我她年紀，我沒記下來，所以才出了這個錯誤。現在我記起來了，三十二歲的是我另一位顧客，一位寡婦。」

「就是你昨天告訴過我的那位麼？我還以為她是二十四歲。」

「那是另外一位。牧師，這世界寡婦這麼多，難道都是我的過錯麼？」

「我沒有那個意思，可是我對她們不感興趣，那倒是真的，正如我對當中學教員的女人不感興趣一樣。」

沙士曼合掌按在胸前，眼望着天花板，態度虔誠的叫道：「老天爺，他說他對教中學的女人不感興趣，你看我怎樣向人家交代？那麼你究竟對什麼樣的人感興趣？」

李奧氣得臉色都變了，但仍壓制着自己。

「你告訴我，你要的是什麼條件？」沙士曼繼續說：「這個小姐能操四國語言，在銀行裏有一萬元存款，結婚後父親再加一萬二千，自備新車和各式各樣的衣服，可以和你討論任何一種題目——總而言之，她會給你養兒育女，組織一個美滿的家庭。這種生活，真是人生哪得幾回尋？」

「既然你把她說得這麼十全十美，為什麼她到現在還沒嫁出去呢？」

「為什麼？」沙士曼大笑起來：「無非是她自己左挑右選，所以拖到現在。她要選到最理想的才嫁。」

李奧沉默下來，深為自己已「泥足」到這個田地而暗覺好笑。但另一方面，他卻因沙士曼的描述而對莉莉 H 起了興趣，開始考慮着是否要去約會她。沙士曼察言辨色，知道李奧已為他剛才所列舉的事實動了心，覺得勝算在握了。

星期六傍晚，李奧一邊陪着莉莉．希絲韓沿着河邊道散步，一邊覺得沙士曼隨時會在自己面前突然出現似的。他走起路時，挺着身，精神飽滿。頭上戴的，是他早上以顫巍巍的手從壁櫥架

子上取下來的黑呢帽（盒子都封滿了塵）—— 他倒戴得挺有神氣的。身穿着一件平常只在週六安息日才穿的厚黑大衣，洗擦得乾乾淨淨。李奧起初還打算把手杖 —— 是一位遠房親戚送給他的 —— 帶來，後來一想不妥，才把原意打消。莉莉長得嬌小玲瓏，略具姿色，衣着打扮，亦略有春意。她健談，常識豐富，且用字貼切適當 —— 最少在這方面，沙士曼是説對了。説到沙士曼，李奧馬上便感到侷促起來，好像現在就看見他高高的躲在一棵植在馬路旁邊的樹上，用一面小鏡跟他的女顧客打着暗號。或者，他現在已幻化成長着羊腿的牧羊神，在他們面前無影無形的舞蹈着，吹奏着愛情小調，在他們要走過的路面上散佈着野花和藍葡萄，象徵一段良緣的締合。當然，現在仍沒有這回事。

「沙士曼先生這個人蠻有趣的，你説是不是？」莉莉突如其來的問，李奧有點愕然。

他點了點頭，因為實在不知道怎樣答才好。

她提起了勇氣，紅了臉，繼續説：「至少在我個人説來，我感激他介紹我們認識的，你呢？」

「我也這麼想。」他禮貌地答道。

「我意思是説，」她輕輕笑了一下 —— 笑得非常得體，最少在他聽來如此 ——「我意思是説你不介意我們在這種方式下認識吧？」

他並不因她這種爽直的問題而感到不快，因他了解到，她之這樣做，無非是想儘早把他們的關係交代清楚。他更了

解到，要選擇這種方式來交往，不但需要一點人生經驗，更其
要緊的是勇氣。真的，她必定經驗過某種「滄桑」才會選擇這種
開始。

他説他一點也不在乎。婚姻經紀這一行業，不但正當，而
且由來已久，雖然 —— 他指出説 —— 通過這種機構而認識的男
女並不一定能締結良緣，但對那些因此而結成夫婦的人説來，這
一行業的價值，可説無與倫比了。

莉莉微唔一聲，默然同意。他們繼續漫步而行，兩個人都
沒有做聲。過了好一會，莉莉以一種神經質的笑聲打破沉靜，
問道：「我想問你一些有關個人的問題，你不會介意吧？真的，
我對這題目感興趣。」李奧聳聳肩，不置可否，她雖然感到有點
覻覰，但仍繼續問下去。「你怎麼樣會想到要當牧師來的？我意
思是説，是否出於一種突如其來的激情或靈感？」考慮了一會，
李奧才慢慢的回答説：「我一直就對聖經感興趣。」

「你在聖經上看到上帝存在的證明麼？」

他點了點頭，換了話題。「希絲韓小姐，你是不是曾在巴黎
耽過一陣？」

「呀，是不是沙士曼先生告訴你的，費高牧師？」李奧抖了
一下，但她卻繼續説：「但那是好久好久以前的事了，連我自己
也差不多忘記了。我記得是為參加我姊姊的婚禮而去的。」

但莉莉問李奧的問題，並不因此中途打岔而中止。「究竟你
是在哪一個時候開始對上帝如此熱愛的？」她用顫抖聲音問道。

他定了神望着她。突然，他意識到她現在所談的不是李奧・費高，而是一個百分之百的陌生人，一個神秘的人物，或者是一個由沙士曼為她杜撰出來的熱情先知——一個與生者和死者都無任何關係的人物。李奧氣得雙腿發軟。這騙子一定是以對付他的相同手段，向這小姐說了許多與他有關的，但與事實不符的話。就拿他來說，他一直以鴻鵠將至之心，期候着與沙士曼所描述的那位廿九歲的小姐會面。而現在所見的，卻是一張憔悴而焦慮的面孔，一張年逾三十五的，漸呈老態的面孔。如非為了禮貌和自制力，他絕不會陪她這麼久。

「我並不是，」他嚴肅地說：「並不是一個在宗教上有什麼特殊感受的人。」他一邊說，一邊在斟酌字句，而在同時間，他感到有點害怕與慚愧起來。「我想，」他有點遲疑的說：「當初我去當牧師的動機，並不是因愛上帝，實在是因為我並不愛祂而去當的。」

他講這段供詞時，聲音有點粗暴。這話來得太突然了，連他自己也有點吃驚。

聽了這頓話後，莉莉馬上頹喪起來。李奧自己亦有多年道行一朝喪的感覺。他眼前彷彿看見一條一條的麵包在他頭上如野鴨一般的飛過，頗似他昨天晚上失眠時，數着來催自己入睡的那些展翼而飛的麵包一樣。可幸這時天降霜雪——這亦是沙士曼的把戲吧？

他實在氣這婚姻經紀不過，發誓如果他一踏進門口，就把他轟出來。但沙士曼那夜沒有來，而氣平後，李奧卻感到一種難

以解釋的空虛。起初，他以為這不過是由於他對莉莉失望所致。可是不久他就發覺到，他當初去找沙士曼時，所抱的真正目標是什麼，連他自己也搞不清楚。他慚漸痛苦地了解到，他找這婚姻經紀來幫忙，無非是找老婆這件事，他自己實在無法辦得到。這種可怕的自我認識，是這次他與莉莉約會後的結果，她快人快語式的問題刺激了他，使他不但對她，猶其是對自己，顯露了他與上帝間的本來面目。而且由於這種關係所引起，使他突然驚覺，他生平除了父母以外，並沒有愛過任何人。或者倒過來講，因為他沒有愛過人，所以他便未盡其所能的去愛過上帝。這一刹那間，李奧覺得他整個生命赤裸裸的呈現在他自己跟前：他不愛人，亦未被人愛過。這種痛苦的，但非完全突如其來的感受，使他害怕得發抖。幾經掙扎，情緒才告控制下來。他雙手掩面，痛哭起來。

　　跟着的那一個禮拜，是他生命中最難受的一個禮拜。他不飲不食。體重減輕，鬍子長得密麻麻的。課沒上過不消説，就是書也難得翻一頁。如果不是想到多年苦讀，前功盡棄極為不值，他可能早就休了學。現在休學，這些年來辛勤的歲月，就等於把自己心血寫成的書，一頁一頁的撕下來，棄於陋巷中。尚要顧慮到的，就是他父母。這個決定可能給他們帶來不可想像的後果。但他活了這麼久，所為何來，他全不知道。而且，罪大惡極的是，他雖然熟讀舊約和有關的註疏，但一直未能在此找到足以安身立命的真理。他實在茫然不知所終。在這慘淡

淒涼的時候，向誰傾訴？他常想到莉莉，但一直沒有勇氣下樓打電話給她。他變得脾氣急躁，動輒發怒。首當其衝的是房東太太，因她常常不厭其詳的去追問他的私人生活問題。他自己也覺得這種行為不近人情，所以有時特意等在樓梯間攔截她，神色沮喪地向她道歉，令到她也覺得難受，飛奔而逃。在這次事件中，他的唯一安慰就是告訴自己他是猶太人，而猶太人是命定要受苦的。終於，這漫長而可怕的一週行將告盡，而他亦漸漸恢復了他過去的寧靜的生活，找尋到了一點做人的目標。那就是，照已定的計劃活下去。他自己雖然有缺點，但做牧師這個主意卻不壞。至於找太太這椿心事，一想起來，就頭痛。但既然現在他對自己有了新的認識，或者今後會比以前運氣好些吧？或者因為愛由心生，他今後既有愛人之心，那麼說不定他的新娘子就會隨此愛心而來？而這種聖潔愛情之追求，沙士曼之流，怎幫得上忙？

就在那天晚上，沙士曼又出現了，瘦得形銷骨立，兩眼如入魔障。他現在看來有點「怨婦」的味兒，好像是這個禮拜來，他一直寸步不離的守在莉莉的電話機旁，等他的電話而無結果的樣子。

輕咳了一聲後，沙士曼就開門見山的問道：「怎麼樣，你喜歡不喜歡她？」

李奧氣上來了，忍不住責問他道：「沙士曼，你幹嗎對我撒謊？」

沙士曼的臉由白轉青，有天塌下來的感覺。

「你不是跟我說過她是廿九歲？」李奧一點兒也不放鬆。

「一如吾言──」。

「她足足三十五歲了。最少最少三十五了！」

「那你不能這麼肯定。她父親對我說──」。

「不必再講了。你最不該的就是向她撒謊。」

「那你告訴我，我撒了什麼謊？」

「你告訴她有關我的事，與事實不符。你把我捧得高高，因此顯得比我原來更渺小。她想像中的我與我完全不同。在她想像中我是一個近乎三頭六臂的牧師。」

「其實我僅告訴了她你是很虔誠的人而已。」

「我不難想像得出來。」

沙士曼嘆了口氣。「這是我的弱點，」他招供說：「我的太太老是告訴我，我入錯了行，說我不該做經紀生意的。但當我碰到一對我認為天作之合的男女時，我就樂得不能住口，往往多講了話。」他軟弱地笑了笑，繼續說：「這就是為什麼沙士曼窮得不名一文的緣故。」

李奧的怒氣全消了，說：「我看，沙士曼，我看我們沒有什麼可說的了。」

婚姻經紀眼巴巴的盯住他。「那你不想找太太麼？」

「想的，」李奧說：「但我決定採取旁的辦法，因我對媒妁之言的婚姻，已不感興趣。坦白對你說，我現在承認婚前戀愛的重要性。那就是說，我要與我的對象發生愛情後才結婚。」

「愛情？」沙士曼説，有點驚奇。過一會，他説：「對我們説來，我們愛的是生命，不是娘兒們。你知道，在貧民窟中，他們——。」

「我知道我知道，」李奧説：「這個題目我也不時想過。我常對自己説，愛情是兩個人共同生活和共同膜拜上帝後的副產品，而非結婚的主要目標。但在我自己來説，我想建立一種自己要求的標準，然後設法求得滿足。」

沙士曼聳聳肩，回答説：「如果你需要的是愛情，牧師，那我一樣可幫你的忙。我的顧客長得如花似玉的，有的是，包管你一見就愛上她們。」

李奧戚然地笑了笑，説：「我恐怕你誤會我的意思。」

沙士曼急手急腳的打開了他的皮包，從裏面拿了一個牛皮紙信封來。

「裏面是照片。」他説着，把信封擺在檯上。

李奧隨後喚住他，叫他把相片帶走，但沙士曼好像長了翅膀一樣，一溜煙不見了。

三月已到，而李奧亦恢復了他刻板式的生活。精神方面，雖未完全復元（精力不足），但他卻開始計劃着今後怎樣加強社交生活。當然，要交際就得要花錢，幸好在怎樣撙節消費方面，他素稱專家。而真的窮到確實無錢可花時，他將會把應酬次數減少。沙士曼留下來的照片，一直就擺在那裏，塵積得滿

滿的。李奧坐下來看書或喝茶的時候，目光偶爾會落在那牛皮紙的信封上，但他一直沒打開。

日子匆匆而過，希望藉着社交關係而認識異性伴侶的美夢，亦成泡影。蓋在他的身分與環境言，這種機會實可遇不可求。一天早上，李奧辛辛苦苦的從樓梯爬回房間後，就一直站在窗口向着市區凝望。天色晴朗，但他心頭的感覺，卻是灰暗的。他看着底下街道熙來攘往的行人好一會後，就帶着沉重的心情，回到他的斗室去了。那信封仍在檯上擺着。突然間，一發了狠，他擦的一聲就把信封撕開。整整半個鐘頭，他懷着極其興奮的心情站在那裏，翻看着沙士曼夾藏在那裏的女顧客照片。最後，他長嘆一聲，把照片放下。擺在眼前的，是六張照片，論姿色，乍看時，真是各有千秋。但再多看幾眼，她們都變成莉莉‧希絲韓了——各人錦瑟年華已過，面上爽朗的笑容實難以掩蓋心中焦灼之情。而一個人的真情真性，又怎可由此種照片觀察得到？唯一可以察覺的是：不管她們怎樣聲嘶力竭的去挽回生命的狂瀾，但時光如駛，青春一去不復還了。她們現在只不過是一張塞在一個蒸發着魚腥味的公事包裹的圖片而已。這樣痴痴的想了一會後，李奧開始動手把照片放回信封內。就在這一刹那，他在信封內發現了另一張照片，大概是那種花二角五分由自動攝影機拍出來的快照。他定了定神，望着這張照片好一會，大叫一聲。

　　她的面孔深深的感動了他。為什麼呢？他自己也說不出所以然來。總之，這面孔給予他的是一種青春的感覺，如春花之初綻。但同時，與這鮮明的印象同來的，是她的風塵味和歷盡滄桑的疲累感。這印象來自她的眼睛。他看來，一面覺得熟悉得出奇，一面又覺得生疏得可怕。他清清楚楚記得以前在什麼地方見過她，但究竟在哪兒呢？他費盡心思，怎樣也想不起來，雖然有一下子他覺得他幾乎可以叫出她的名字 —— 她親筆寫給他看的名字。不，這不可能的，如果真有此事的話，一定會記得她的。她的面貌相當娟好，但並非什麼天姿國色 —— 這一點，他亦知道。但她有一種非常特殊的地方，深深的吸引着他。因為，若以眉目五官分開論，那麼，剛才看過的六張照片中比她漂亮的，大有人在。但只有她才能如此打動他的心坎。他好像觀察到她曾實實在在的生活過（或最少曾如此嘗試過）。或曾因過去的生活方式而極感後悔過。總之，她多多少少曾受苦。這點可從她那雙深邃而微帶不屑的眸子中看出來，從她眼睛一開一合時所閃露的光彩看出來。而最要緊的是，他在她身上看到無窮的生命的可能性。這就是她的「特殊的地方」。他需要她。全神灌注的看了她這麼久，他開始覺得頭痛眼酸起來了。跟着 —— 好像誰在他眼前撒下了一天黃霧似的 —— 他在她身上看到了邪惡的影子，對她的畏懼之心，亦隨之而生。但打了一個寒顫後，他便幽幽的對自己說：「我們誰不如此？」說過後，他便用一個小壺泡了一壺茶，沒放糖，慢慢的呷着來寧神。

但茶還沒有喝完，他心情已激動起來，拿起照片仔細端詳她的面龐一番。很好，至少對李奧·費高說來是夠好的了。只有像她這樣的一個女孩子才會了解他，幫助他追求他要追求的東西。而且，說不定她會愛上他。至於她為什麼會淪為沙士曼魔桶中的一個顧客，他就不得而知了。除了要馬上去訪尋她的所在地外，他沒有更為迫切的事了。

他連跳帶跑的奔下樓來，一把抓着勃朗士區的電話簿，翻着找尋沙士曼家裏地址。但沙士曼不但家裏沒電話，連辦公室也沒有裝電話。他試着拿了本曼赫頓區的來翻看，也一樣找不到。幸好李奧這時記起當初他在《前鋒報》的人事欄看到沙士曼的廣告時，曾把他的地址抄在一張小紙條上。於是飛奔上樓，東翻西倒的在他的書稿堆裏找尋這張小紙條。但沒運氣。這婚姻經紀真要人的命，要用到他時，他卻影迹渺然。幸好最後他沒忘了看看他的皮夾子，因為就在那裏他找到了一張卡片，載着沙士曼的名字和他在勃朗士區的地址，可是卻沒有列上電話號碼。他現在記起來了，他當初原來是以通訊方式來和沙士曼聯絡的。這麼想着，他便穿上了大衣，在毛線帽子上再加了一頂呢帽，匆匆忙忙的往地下火車站走去。從上車起到勃朗士的終站止，他一直就有如坐針氈的感覺。有幾次，他手直發癢，要掏出那女孩子的照片來再看一次，看看現在的她與他腦海中的她是否仍然一樣。但最後總算把這些誘惑一一擊退，決定不動這張藏在大衣內袋的小照，讓「她」暖暖的依靠着他。車子還未停

好，他已急不及待的在車門前站着，等着車一停就跳出。沒多久，他就找着了沙士曼在廣告上所載的那條街道。

從地下火車站走了不到一條街，李奧就找到了他要找的那幢房屋。但沙士曼的家既不在什麼高樓大廈或閣樓內，亦非在商店的鋪面內，只不過是一座古舊的平房而已。在門鈴下，李奧看到一張油黃了的卡片，上面用鉛筆寫着沙士曼的名字。他爬了三層昏暗的樓梯，到了他的房間。應門的是個頭髮灰白，瘦小而患哮喘病的婦人，穿着絨拖鞋。

「找誰？」她機械地說道，一面滿不耐煩，既不想聽，也不想問的神氣。唉，又是一個似曾相識的人，雖然他知道這只不過是一種幻象而已。

「沙士曼是不是住在這裏？我是說，彬耶‧沙士曼，做婚姻經紀的那個沙士曼。」他說。

她瞪着眼端詳他，好一會，才說：「當然。」

他窘起來了，問道：「那他在不在？」

「不在。」她嘴巴是張開來了，但沒有再說下去的意思。

「我有急事，麻煩你告訴我他辦公的地方，可不可以？」

「就在這上面。」她向上指了指說。

「你意思是說他辦公室都沒有？」李奧問道。

「在他的狗窩裏。」

他探頭往室內看，只見他的住所是一間陰暗、陽光照不到的大房，中間用一張半分開的帳幔分隔開來。帳幔的後面是一張垂垂欲

墜的鐵床。房內靠近他的地方，東歪西倒的擺着破舊的椅子、書桌、一張三腳檯子、各式各樣的廚房用具和烹飪器皿等。但看來看去都看不見沙士曼和他的「魔桶」的踪迹。大概他只不過是他腦海中的一種幻象吧？一陣炸魚腥味傳來，他一聞到，雙腿就發了軟。

「他究竟在哪兒？」他追問着：「我實在非見你丈夫不可。」

最後她答了話。「天才曉得他在哪兒！他心血來潮時，愛哪裏跑，就往哪裏跑。你回家去罷，他會去找你的。」

「告訴他李奧·費高來找過。」

她木無表情，也不知道她有沒有聽進去。走下樓時，他真有萬念俱灰的感覺。但一回到家，沙士曼竟氣喘喘地站在他門口，等着他。

李奧看見他，真是驚喜交集，問：「怎麼你比我還早到？」

「我跑着來的。」

「進來。」

進門後，李奧泡茶，並給沙士曼弄了一客沙丁魚三明治吃。在喝茶時，李奧探手取了那包照片，交還給沙士曼。沙士曼除下眼鏡，滿懷希望的說：「找到合意的了？」

「合我意的，不在這裏。」

沙士曼馬上轉過頭去。

「合我意的在這裏，」李奧把藏着的快照拿出來，遞給他看。

沙士曼除下眼鏡，以抖動的雙手接過照片。驀地，他面色灰白起來，苦哼了一聲。

「怎麼回事了？」李奧大聲問道。

「對不起。我把照片放錯了地方。她不適合你的。」

沙士曼狼狽地把牛皮紙袋和那幅照片分別塞進公事包和衣袋去後，就奪門而逃。

李奧愕然了一陣，醒過來後，拔腳追上，終在前廳內截住了他。房東太太見狀，尖聲呼叫，但兩人都沒理會她。「沙士曼，照片還我。」

「不成。」他心情的痛苦，眼睛表現無遺。

「那麼告訴我她是誰。」

「對不起，這一點恕我不能告訴你。」

說完後，他便想離開，李奧一急，忘了形，緊緊的抓着沙士曼的大衣，發了狂似的搖撼着他。

「不要這樣子！」沙士曼嘆着氣說：「唉，請不要這樣子。」

李奧感到慚愧起來，放了他。「告訴我她是誰！」他懇求的說：「我一定要知道她是誰。」

「她不適合你。她野得很，野到不知羞恥，絕非做牧師太太的人選。」

「你說她野，那是什麼意思？」

「像野獸的野，像狗一樣的野。在她看來，貧窮是一種罪惡。因此我乾脆當她死了。」

「天老爺，究竟你說的是什麼意思？」

「我不能介紹她給你。」沙士曼叫道。

「你為什麼這麼緊張？」

「為什麼？你説為什麼？」沙士曼眼淚直流的説：「因為她是我的女兒呵，我的史提拉！她真該在地獄裏受火山油鑊的煎熬。」

李奧三步兩腳的趕回房中，倒下床來，埋首於被褥中。在被窩中，他把這一生的經過，思前想後的想了一遍，跟着就入睡了。但這一睡，並沒有把她忘去。醒來後，他一樣痛苦得搥胸頓足。他禱告上帝，希望藉此減去想念她的煩惱，但依然無效。數日來他心情痛苦而矛盾，一方面，他掙扎要自己不陷情網，不要愛上她——但另一方面，他又怕自己的理智鬥爭成功，與她從此姻緣斷絕。最後他決定走這條折衷的路子：一方面導引她向善，一方面自己重歸上帝。這主意，想起來有時他會覺得反胃，有時則靈性超拔。但幫助他作這個最後決定的是沙士曼，這一點，連他自己也不知道。他們是百老匯區一家自助餐室內湊巧碰頭的。沙士曼獨坐在餐室後排的一張檯子，咂着魚骨。他顯得憔悴而蒼白，單薄得可以隨風而逝。

沙士曼抬頭望他，最初還認不出他是李奧來。他留了一把尖尖長長的鬍子，眼睛也增加了智慧。

「沙士曼，」他説：「我終於找到愛情了。」

「單憑一張照片，你就找到愛情了？」沙士曼嘲諷地説。

「這並不是不可能的事。」

「如果像她這樣的一個人你都會愛上，那你可以愛上的人多着呢。來，我給你看看剛收到的一批新顧客的照片，其中一個真是可人兒。」

「我只要她。」李奧喃喃的説着。

「別那麼傻，牧師，忘了她吧。」

「你給我介紹吧，沙士曼。」李奧恭而敬之的説：「我也許可以效點微勞。」

沙士曼停止進食。就在這一剎那，李奧下意識地感到他們間的默契已訂。

離開餐室時，李奧突然對沙士曼起了疑心。他懷疑這次的經過，是不是這婚姻經紀的一種圈套？

李奧接到小姐來信，告訴他她將在某一條街的拐角處會晤他。到約會的那天晚上──是一個春天的晚上──她果如約而來，站在一盞路燈的桿子旁邊，抽着煙。他則捧着一束紫羅蘭和一束新開的玫瑰，準備給她。她白衣紅鞋，穿着正如他所意料中一樣，雖然偶爾在他心神不定的一剎那，他竟看出她穿的是紅衣白鞋來。她顯得有點緊張而羞怯。即使隔着這麼一段距離，李奧亦可看出她的眼睛（極像她父親）內所蘊藏着的憤怨和純真。「我的救贖將由你開始，」李奧心裏對自己説。天上，小絃琴與燭光飄然繞着他轉動。他張開拿花的雙手，趕上前去。就在這拐角的附近，沙士曼靠牆而立，喃喃的唸着救亡經。